Le secret
le mieux gardé

La publication de cet ouvrage a été rendue possible grâce aux subventions du Conseil des Arts du Canada et du ministère de la Culture du Québec.

Dépôt légal: 3ᵉ trimestre 1993
Bibliothèque nationale du Canada
Bibliothèque nationale du Québec

Données de catalogage avant publication (Canada)

Somain, Jean-François

Le secret le mieux gardé

(Collection Conquêtes; 38)
Pour les jeunes

ISBN 2-89051-527-3

I. Titre. II. Collection.

PS8587.O434S42 1993   jC843' .54   C93-096514-0
PS9587.O434S42 1993
PZ23.S65Se 1993

Maquette de la couverture :
Le Groupe Flexidée

Illustration de la couverture :
Jocelyne Bouchard

234567890 IML 0987654

Jean-François Somain

Le secret
le mieux gardé

roman

ÉDITIONS PIERRE TISSEYRE
5757, rue Cypihot — Saint-Laurent, H4S 1X4

DU MÊME AUTEUR
Pour la jeunesse:

Chez le même éditeur:

Tu peux compter sur moi, roman,
collection Papillon, 1990
Parlez-moi d'un chat, roman, collection
Papillon, 1992
Du jambon d'hippopotame, roman
collection Conquêtes, 1992

Chez d'autres éditeurs:

Excursions, module V, nouvelles,
éditions FM, 1991
Le baiser des étoiles, nouvelle, éditions
HMH, 1992

Par ailleurs, Jean-François Somain a écrit
(sous son nom ou sous le nom de Jean-
François Somcynsky) 19 romans et
recueils de nouvelles pour adultes, 70
textes et nouvelles dans des revues et
anthologies, 18 œuvres radiophoniques
et deux pièces télévisuelles.

1

LES PIEDS DANS
L'EAU FROIDE

On pouvait bien se demander ce que faisait le maire Galipeau, seul, à deux heures du matin, au bord du lac Shannon. Lui, ne se posait pas de question. Il avait donné maintes fois la preuve qu'il pouvait ingurgiter une douzaine de bières, agrémentées de quelques verres de gin et suivre ensuite une ligne droite sans perdre l'équilibre. Il en avait l'habitude. Mais marcher droit ne signifie pas qu'on a encore toute sa tête.

Edmond Galipeau était saoul. Il ne chantait pas, il ne gesticulait pas. Il avait l'ivresse heureuse et tranquille. Quand il buvait comme il venait de le faire, il n'avait pas l'impression d'être affecté par l'alcool. C'était le monde autour de lui qui s'épaississait, s'alourdissait, jusqu'à basculer dans des rêves inattendus.

Car c'était un rêve, n'est-ce pas?

Oui, ça devait être un rêve. Des étoiles qui se rapprochent en tourbillonnant, cela n'existe pas. De mémoire de maire, il n'en avait jamais vues. Et il était maire depuis neuf ans.

Tout le monde aimait Edmond Galipeau, un gros homme débonnaire, judicieux, cordial, engageant. S'il avait beaucoup bu ce soir, c'était pour fêter avec ses voisins l'inauguration de la nouvelle route. Car le village était tellement petit qu'ils étaient tous ses voisins. Chacun connaissait tout le monde. Même ces étrangers qui venaient de s'installer de l'autre côté de l'église finiraient vite par faire partie de la grande famille de Saint-Clément-du-Lac.

Galipeau soupira, le cœur content. Être maire de Saint-Clément-du-Lac, ce n'était pas trop difficile. Ses fonctions ne l'empêchaient pas de s'occuper de son garage, de sa quincaillerie et de son restaurant. Quelques heures par-ci par-là pour les réunions du Conseil, les visites des fonctionnaires provinciaux, les rencontres avec les uns et avec les autres pour veiller au bien du village sans oublier ses propres intérêts. Et il faisait sans doute son travail très correctement, puisqu'on avait pris l'habitude de le réélire sans opposition.

Quand il était heureux, comme ce soir, il venait souvent faire un tour au lac Shannon. C'était son lac! Il l'avait acheté au grand-père Shannon. Enfin, il ne l'avait pas vraiment acheté, il l'avait plutôt gagné. À vrai dire, ce n'était pas tout à fait cela. Toujours est-il que le vieux Shannon était mort — de mort naturelle — et que le lac était maintenant à lui.

Tout le monde connaissait l'histoire. Shannon devait une forte somme à Galipeau. L'origine de cette dette se perdait loin dans le passé: quelques centaines de dollars empruntés au père d'Edmond voici bien des décennies et dont les intérêts s'étaient accumulés; quand le père Galipeau était mort, son fils avait retrouvé les documents; le vieux Shannon s'était tout à coup rappelé cette affaire et s'était engagé à rembourser le principal et les intérêts, mais il ne disposait pas de l'argent sonnant. Il avait maintes fois fait savoir que s'il ne s'acquittait pas de cette dette avant sa mort, Galipeau hériterait du lac.

Les enfants du vieux Shannon n'avaient pas fait d'objection: il leur avait légué bien des propriétés plus utiles! Mais il y avait une de ses petites-filles, Brigitte, qui n'était pas d'accord. Après tout, son grand-père avait souvent répété qu'il lui laisserait sa cabane sur le lac. Sa cabane et le terrain qui l'entourait. Selon le registre, ce terrain, c'était le lac au complet.

Par horreur de la discorde et pour s'éviter des frais d'avocat, Galipeau cherchait encore à s'entendre à l'amiable avec Brigitte. La majorité des gens lui donnaient raison. Le vieux Shannon n'avait pas laissé de testament et la parole donnée à un maire vaut sans doute plus qu'une vague promesse à une enfant.

Galipeau contempla amoureusement la surface de l'eau agréablement éclairée par la pleine lune. Un grand rocher se dressait sur sa droite. On y construirait un excellent belvédère, un point de mire qui attirerait les touristes. Malgré les nouveaux règlements provinciaux, il y avait quand même place pour une vingtaine de lots autour du lac. Comme maire, il pourrait sans doute adapter les lois pour y caser une trentaine de chalets.

Il n'était pas pressé. Ce lac, c'était un investissement. Depuis quelques années, le marché traînait la patte. Mais le jour viendrait où les gens de Montréal, avides d'un coin de forêt, trouveraient dans le lac Shannon l'endroit idéal pour un beau projet immobilier. Et Edmond Galipeau deviendrait un homme très riche.

Il se rappela alors cette avalanche d'étoiles, entrevue à travers les arbres. Quelle drôle d'image! Des lumières qui dégringolaient en direction du lac. Ça ne pouvait pas être la bière, puisque cela ne lui était jamais arrivé.

— C'était une soucoupe volante, déclara-t-il.

Comme il était tout seul au bord du lac, il fut aussi le seul à entendre son commentaire. Fort heureusement d'ailleurs, car un maire qui parle de soucoupes volantes ne fait pas très sérieux.

Il n'était pourtant pas le premier. Plusieurs habitants du village prétendaient avoir aperçu des objets volants. C'était même ce qui avait attiré les étrangers, qui se disaient experts en la matière et s'étaient installés pour étudier le phénomène.

Galipeau fit quelques pas sur la petite plage naturelle qui deviendrait un jour un embarcadère. Et pourquoi pas un club nautique? Qu'est-ce qui rapporte le plus, trois ou quatre chalets ou un club social avec restaurant, installations sportives, salle de bingo, terrain de camping? Il devrait y voir de plus près.

Pris d'un vague vertige, il s'assit sur un tronc qui s'était un jour effondré sur la plage et attendait patiemment d'être remplacé par un banc. Soudain, une grande ombre, à l'autre bout du lac lui obstrua la vue. Un nuage? La lune venait de disparaître. Il faisait juste assez clair pour apercevoir cette ombre qui tombait dans le lac.

Est-ce que les soucoupes volantes se transforment parfois en sous-marins? Et pourquoi pensait-il encore à des soucoupes volantes? Sans doute à cause de ces étrangers. De bien bonnes gens, pensait-il. Tôt ou tard, le village serait envahi par des nouveaux venus, mais on n'arrête pas le progrès.

Tout à coup, il sentit une sorte de froid dans les chevilles. Pourtant, il n'avait pas bougé, il était toujours assis sur le tronc. Il baissa les yeux et ouvrit la bouche sans souffler mot, abasourdi.

Il avait les pieds dans l'eau. Jusqu'aux mollets.

Il attendit, stupéfait. Et l'eau se mit à baisser, jusqu'à retrouver son niveau normal. Mais qui lui avait inventé un rêve pareil?

Ce n'était pas un rêve. En se remettant en route, Galipeau remarqua bien vite que ses chaussures et ses chaussettes, le bas de ses pantalons ruisselaient encore de cette baignade inattendue.

2

DES PIERRES QUI MORDENT

Il est inutile de donner le nom du couple qui venait de se faufiler parmi les arbres bordant le lac Shannon. Quand une fille et un garçon décident d'aller faire un tour dans la forêt et qu'ils prennent soin de n'être pas vus, il est plus courtois et plus gentil de respecter leur intimité.

C'était une très belle journée de juin, quand le printemps commence enfin à ressembler à l'été. En semaine, personne ne se promenait aux environs du lac l'après-midi. Un couple ne pouvait pas choisir meilleur endroit pour savourer quelques heures de romantisme.

Ce n'était pas la première fois qu'il venait folâtrer au lac Shannon. Ils avaient déjà repéré plusieurs endroits propices aux câlineries. D'un commun accord, le couple se dirigea vers une clairière déblayée jadis par le père Shannon, à deux pas du bord de l'eau. La végétation repoussait déjà et on pouvait facilement s'y faire un nid d'amour à l'abri des regards indiscrets.

Comme ils savaient ce qu'ils faisaient, ou ce qu'ils se proposaient de faire, il avait eu la prudence d'apporter une couverture qu'ils étendirent bientôt par terre, avant de s'y étendre eux-mêmes. Autour d'eux, quelques jeunes bouleaux, une lisière d'épinettes, des souches encore vivaces qui recommençaient à pousser, de l'herbe fraîche, quelques roches couvertes de mousse.

Il y avait aussi trois roches plus blanches que grises, grandes comme de gros chiens couchés. Les amoureux ne s'en occupèrent pas. Ils avaient des choses plus importantes à faire.

Ils n'étaient pas vraiment pressés mais ils n'avaient aucune raison de s'attarder. Souriants, enlacés, émus aussi parce qu'ils s'aimaient vraiment, ils se cajolèrent joyeusement, heureux d'exister, heureux de s'être trouvés, de s'être reconnus, de s'être compris.

Avec sa complicité de toujours, le soleil les observait et leur envoyait l'ombre de quelques sapins, comme pour les protéger de tout regard trop curieux. C'était tout à fait inutile, puisqu'il n'y avait personne dans les environs.

Des mots jaillissaient de temps en temps, qui parfois ressemblaient davantage à des roucoulements et de petits miaulements. Que dire encore? Un couple amoureux, une fille et un garçon qui se sont arrangés pour être seuls au monde. C'est une des beautés de la vie et il n'est pas nécessaire de fournir plus de détails.

Ils avaient terminé ce qu'ils étaient venus faire au bord du lac et prolongeaient leur bonheur dans un sourire heureux, côte à côte, blottis l'un contre l'autre.

Soudain, la fille lança un cri.

Avant que son ami ait pu réagir, elle se frappa la cuisse, comme pour écraser la mouche ou le maringouin qui venait de la piquer. Le garçon poussa un cri semblable et se redressa.

D'abord, ils se regardèrent surpris. Puis, elle constata une légère blessure à la cuisse, et une écorchure semblable sur la hanche de son ami. Quelques gouttes de sang, rien de bien grave.

Ce qui les étonnait, c'était de se trouver au beau milieu des roches blanches alors qu'ils n'avaient pas bougé.

Que s'était-il passé? Ils ne pouvaient pas imaginer que les roches se soient déplacées.

Le sang ne coulait plus. Vraiment, deux petites égratignures insignifiantes.

C'était invraisemblable! Les trois roches blanches palpitaient comme des bêtes. On apercevait encore une tache rouge sur deux d'entre elles.

Brusquement, les taches disparurent à l'intérieur des roches qui semblaient vivantes. On aurait pu croire que le sang venait de se perdre dans une éponge.

Trop perplexes pour être effrayés, les jeunes gens allongèrent le bras vers les roches pour les toucher. Et elles se mirent à glisser dans l'herbe, silencieuses, comme des serpents, en direction du lac.

Quelques secondes plus tard, elles avaient disparu au fond du lac Shannon. Et le garçon et la fille se demandèrent si l'amour ne leur avait pas fait perdre la tête.

3

QUELQUES ÉTOILES
AU FOND DU LAC

En entendant la voiture, Émilie Desroseaux se dissimula derrière quelques pins, au pied du grand rocher qui surplombait le lac Shannon. La voiture avait freiné, le moteur était éteint. Un homme jaillit au bout du sentier. Un grand blond aux cheveux bouclés. Quand il fut à deux pas, la jeune femme dit:

— Bonjour, Gilles.

Gilles Hamelin sursauta, ennuyé d'avoir été surpris.

— Émilie! s'écria-t-il, en la reconnaissant.

— Eh oui, c'est bien moi. Tu n'as pas changé, tu sais. Je suis contente de te revoir.

Ils s'embrassèrent amicalement.

— Toi, tu es encore plus belle! On m'a dit que tu étais avocate. C'est vrai?

— Parfaitement. Un très beau métier! Et toi?

— Tu me connais! Dans le temps, j'étais trop occupé pour étudier. Ensuite, j'ai toujours été trop occupé pour travailler. Mais mes affaires vont très bien.

Ils s'étaient connus au cégep. Puis, Émilie était allée à l'université et Gilles s'était lancé dans des histoires plus ou moins louches. Émilie voyait parfois son nom en filigrane dans des causes criminelles. Il semblait toujours s'en tirer très bien. Elle n'avait jamais essayé de reprendre contact avec lui. Elle aimait bien son ancien camarade mais elle soignait ses fréquentations. Cependant, c'est à lui qu'elle avait pensé quand on lui avait soufflé un mot du projet qui les réunissait maintenant.

— Alors, c'est ici que ça se passera? dit-il.

— Oui. J'ai déjà repéré la cabane. Viens.

Ils s'engagèrent sur une piste qui contournait le rocher et atteignirent bientôt une masure délabrée, visiblement abandonnée. Un autre chemin, déjà envahi par la végétation, donnait sur le lac. Ils s'arrêtèrent au bord de l'eau.

— Ils ont bien choisi. Même après le couchant, le pilote pourra facilement distinguer le rocher. L'hydravion s'approchera de la rive. Pas plus de quelques minutes. Il faudra faire vite.

— Et il ne se méfiera pas?

— Il sait qu'il s'agit d'un couple, c'est tout. C'est juste un pilote de brousse, chargé de livrer la marchandise.

— Et le vrai couple?

— Il viendra en camion. Ton travail, ce sera de nous en débarrasser. Tu t'en sens capable?

Gilles éclata de rire.

— Un jeu d'enfants! On s'en débarrasse tout à fait?

— On verra. Ce n'est pas nécessaire. Si on peut le faire gentiment, tant mieux. Un bon coup sur la tête, sans qu'ils puissent nous reconnaître... Mais s'ils se défendent, alors...

— J'ai compris. Et la marchandise?

— Moitié moitié. Il y en a pour vingt millions. Peut-être davantage. Notre part, c'est quatre millions. Deux pour chacun, et on oublie tout.

Diablement alléchant! Gilles n'avait jamais trempé dans une aventure aussi grosse.

— Comment as-tu eu vent de l'affaire?

— Un ancien client qui m'aime bien. C'est lui qui écoulera le stock à Toronto. Je crois qu'il m'a choisie parce qu'on ne peut me soupçonner. Et comme j'avais gardé un très bon souvenir de toi, j'ai tout de suite pensé que ça pourrait t'intéresser.

Il l'avait toujours connue ainsi, audacieuse, entreprenante, sûre d'elle-même. Quel plaisir de travailler avec elle!

— C'est risqué, je te préviens. Ceux qui ont organisé le coup, c'est la bande à Haddad. Et ils ne seront pas contents du tout quand ils apprendront qu'on a détourné la marchandise.

— Haddad! Ces gens ne rigolent pas. Mais deux millions, ce n'est pas à dédaigner!

Tout à coup, il regarda intensément le lac. Émilie remarqua son expression et se retourna, elle aussi. Quatre ou cinq bêtes, comme des castors blanchâtres, se dirigeaient vers le milieu du lac. Là, ils furent happés par un tourbillon qui les engloutit.

Quelle chose étrange! Ils regardèrent encore, médusés. C'était comme des lampes qui clignotaient dans les profondeurs. Ensuite, des bulles montaient et explosaient à la surface avec des frissons d'arcs-en-ciel. Et puis plus rien. Le lac Shannon était redevenu lui-même, un beau lac comme tant d'autres beaux lacs des Laurentides.

— Ça t'enlève le goût de te baigner, n'est-ce pas?

— Je n'ai aucune idée de ce que ça peut être! avoua Émilie. Des reflets sans doute, mais de quoi? Inutile de s'attarder. On doit encore discuter de notre plan.

4

UN CYCLISTE TRÈS PRESSÉ

— Saint-Clément-du-Lac est un coin très tranquille, tu verras, dit Gerry Cartier. Quelques vols, parfois. Des disputes de famille. Un peu de chahut dans le centre commercial. Des gens qui boivent un coup de trop à l'occasion.

— Et les excès de vitesse? demanda Paul Desbiens, l'autre policier.

— Les gens d'ici, pas souvent. Tu attrapes surtout des gens de Montréal, qui veulent arriver plus tôt à leur chalet ou qui sont pressés de rentrer.

— Des accidents?

— Des petits accrochages, oui. Des gros accidents, peut-être une fois par mois.

Ils avaient caché la voiture dans un chemin de ferme d'où ils surveillaient la route. Peu d'automobiles circulaient à dix heures du matin. Paul pouvait estimer leur vitesse, sans radar. Soixante-quinze, quatre-vingt, parfois quatre-vingt-quinze kilomètres à l'heure. Rien d'inquiétant.

À partir du lendemain, il serait seul à patrouiller sur la route. Gerry venait d'être muté. Il lui montrait aujourd'hui les coins spéciaux, les courbes dangereuses, les sections droites qui incitaient à la vitesse, les meilleurs endroits de surveillance.

— Ça, observa-t-il, tout à coup, c'est une infraction.

Un cycliste venait de passer devant eux. Ils le voyaient maintenant de dos. Ils avaient tout juste eu le temps de remarquer qu'il s'agissait d'un adolescent.

— En effet, dit Gerry. Il ne devrait pas rouler au milieu de la chaussée. C'est dangereux.

Il alluma les gyrophares et se lança tranquillement à la poursuite du cycliste.

Le temps de gagner la route, le cycliste avait disparu. Gerry accéléra. Deux minutes plus tard, il se trouvait à vingt mètres du cycliste qui ne semblait pas préoccupé par la voiture qui le poursuivait.

— Quel inconscient! J'espère qu'il n'est pas sourd!

Il fit fonctionner sa sirène. Normalement, à cette distance, les conducteurs sursautaient et se garaient sur l'accotement, prêts à fournir des explications, des excuses, des justifications inutiles qui ne les privaient pas d'une contravention bien méritée.

Au lieu de s'ôter du chemin, le cycliste se mit à pédaler de plus en plus fort. Il n'avait pas même tourné la tête.

— Toi, mon petit, rugit Gerry, tu vas m'entendre!

Il augmenta le volume de la sirène. Le cycliste pédala deux fois plus fort.

— Regarde, murmura Paul.

L'indicateur de vitesse venait de dépasser quatre-vingt-cinq kilomètres à l'heure.

— C'est impossible! s'exclama Gerry. Une bicyclette ne peut pas faire ça!

Il appuya sur l'accélérateur. Il roulait à cent à l'heure et le cycliste le devançait encore.

— Il se moque de nous, le salaud!

— C'est une vraie bicyclette, nota Paul. Aucun moteur. Ce gars doit avoir des cuisses d'acier.

Cent vingt kilomètres à l'heure. Et ils ne gagnaient pas un mètre de terrain sur le cycliste.

— C'est incroyable! s'écria Paul. La bicyclette devrait déjà tomber en morceaux!

— Au bout! décida Gerry.

Il fonçait maintenant à cent cinquante. Le cycliste roulait encore plus vite. La poursuite devenait trop dangereuse. Gerry, pâle, retira son pied de l'accélérateur. La voiture ralentit d'elle-même.

Les policiers se rangèrent sur le bord de la route, pour s'éponger le front. Comment croire à ce qu'ils venaient de voir?

— Je te jure, comme village tranquille... soupira Paul.

— Je n'ai jamais vu une chose pareille! Un cycliste comme ça, une bicyclette de cette sorte, ça n'existe pas!

— On fait un rapport?

— Pour qu'on se moque de nous? Il y a des choses qu'il vaut mieux oublier.

5

LE *GÉSOVNI* NE
RECRUTE PAS

Brigitte Shannon contempla la grande maison avec un pincement au cœur. Elle avait jadis appartenu à son grand-père, comme bien des choses dans le village. Quand le vieux Shannon était mort, on l'avait vendue aux Marcotte, qui venaient de la vendre à ces nouveaux venus dont on ne savait rien, sinon qu'ils s'intéressaient aux soucoupes volantes et aux phénomènes du genre.

Les nouveaux propriétaires avaient installé un panneau au-dessus de la porte. En gros caractères vert foncé, on lisait: GÉSOVNI. En plus petites lettres: Groupe d'Étude et de Surveillance des Objets Volants Non-Identifiés.

La jeune fille commença par mettre ses lunettes. Elle ne les portait pas souvent, sauf pour aller au cinéma. Mais à dix-huit ans, ça vous donne un air un peu plus sérieux.

Elle sonna. Pas de réponse. Elle poussa la porte. Personne.

Incertaine, elle examina les lieux. On n'avait pas changé grand-chose à l'intérieur. Elle reconnaissait le salon, la cuisine, la salle à manger. Elle pouvait imaginer les deux chambres et la salle familiale situées dans la cave et les trois autres chambres à l'étage, comme du temps de son grand-père. Les Marcotte avaient remplacé les portes et les fenêtres et modernisé la cuisine sans modifier l'agencement intérieur des pièces.

— Bonjour! cria-t-elle.

— Oui, oui, on descend, lui répondit-on.

Un vieil homme apparut, barbu, corpulent, le regard perçant. Dans un film, on lui aurait fait tenir le rôle d'un trappeur. Derrière lui, une femme d'âge mûr, blonde, un peu grassouillette qui aurait joué celui de la patronne affable et maternelle d'un restaurant.

— Excusez-nous, mademoiselle, mais nous étions en train de faire un peu de rangement.

Brigitte rougit. Elle n'avait pas l'habitude de se faire appeler «mademoiselle» dans le village.

— Est-ce qu'on peut vous aider? demanda la femme, avec un sourire engageant.

— Oui, répondit Brigitte, simplement.

On l'invita à s'asseoir dans le salon. Le vieil homme et la grosse dame la fixaient des yeux.

— De quoi s'agit-il?

Brigitte avala sa salive. Par où commencer?

— Eh bien, voilà. C'est à cause des soucoupes volantes.

— Vous en avez vues?

Ils semblaient vivement intéressés. La femme prit un calepin, un stylo et s'apprêta à prendre des notes.

— Non, pas vraiment, dit Brigitte. Mais trois personnes dans le village ont l'impression d'avoir remarqué quelque chose d'anormal dans le ciel depuis un mois.

— C'est pour ça que nous sommes venus ici, mademoiselle. Mais je dois vous avouer que leurs témoignages sont plutôt flous.

— Edmond Galipeau, notre maire, raconte qu'il a vu lui aussi des lumières dans le ciel.

— Ce n'est pas très précis, remarqua le vieil homme. Mais j'aimerais bien entendre ce monsieur Galipeau.

— On ne peut pas fonctionner sur la base de ouï-dire, vous comprenez, dit la femme. Nous devons toujours interroger les témoins eux-mêmes.

Ils parlaient vraiment comme des Européens qui avaient studieusement appris la langue française. Brigitte, qui détestait les tsé-veux-dire de ses camarades, éprouva une grande sympathie à leur endroit.

— Plusieurs gens ont dit avoir vu des bêtes étranges dans le lac... euh... le lac Shannon.

Elle avait toujours de la difficulté à prononcer le nom du lac qui était le sien. C'était là un réflexe de modestie.

— Des bêtes étranges? À quoi ressemblent-elles?

— On a du mal à les décrire. C'est comme des castors, mais différent.

— Ce n'est pas très précis, une fois de plus. Autre chose?

— Il y en a qui disent qu'il y a parfois comme des phosphorescences au fond du lac... Shannon.

— Des phosphorescences... C'est vague, n'est-ce pas? Enfin, nous prenons note. C'est tout?

Brigitte hésita. Mais, après tout, elle était venue pour ça. En prenant son courage à deux mains, elle formula sa demande:

— Je cherche un emploi d'été. J'aime beaucoup la science-fiction. Travailler ici, ce serait merveilleux! Comme je connais tout le monde au village, j'ai pensé que je pourrais être utile à vos recherches.

Ses deux interlocuteurs sourirent doucement. Tout en souriant, ils secouaient malheureusement la tête.

— C'est très regrettable, mademoiselle, mais le GÉSOVNI ne recrute pas. Nous avons tout le personnel nécessaire. Merci quand même d'avoir pensé à nous.

Il avait parlé sur un ton qui décourageait toute insistance. Un peu triste, Brigitte ôta ses lunettes qui ne lui avaient servi à rien.

Elle se retira, le cœur un peu gros. Elle passerait donc l'été à servir des frites et des hamburgers à LA PATATE DORÉE. Elle aurait pourtant tellement aimé travailler parmi des spécialistes en soucoupes volantes!

Quand elle fut partie, la femme se tourna vers le vieil homme. Elle semblait pleine d'admiration.

— As-tu vu ses yeux?

— Un très beau regard, en effet. Et elle à l'air en bonne santé! Mais nous ne pouvons pas avoir des gens d'ici parmi nous.

— Je le sais bien. Mais je crois que Daniel aimerait bien la rencontrer.

— Je préférerais qu'il s'entende mieux avec Keiko, bougonna le vieil homme.

— Moi aussi, ça va de soi. Cependant... Enfin, si ça ne marche pas mieux avec elle, il faudra bien chercher ailleurs.

6

ON CHERCHE DES CASTORS

Edmond Galipeau s'entendait très bien avec Brigitte. Il la connaissait depuis toujours. Il était même une sorte d'oncle pour elle, car il avait assisté à bien des réunions de famille du temps du vieux Shannon qui le traitait un peu comme son fils. Leur dispute à propos de la propriété du lac n'affectait pas vraiment leurs rapports personnels. Galipeau attendait que la jeune fille se résigne à accepter la réalité, et elle attendait d'avoir un jour les moyens de consulter des avocats. Tant que le maire n'amenait pas des bulldozers sur le lac, la situation ne risquait pas de s'envenimer.

— Si tu veux, disait-il, je te ferai cadeau de la cabane et d'une acre de terrain. En échange, tu renonceras formellement à ta fantaisie d'avoir tout le lac.

— Si tu veux, répondait-elle, je te laisserai pêcher tous les poissons que tu veux. En échange, tu oublieras cette idée affreuse de construire une petite ville autour de mon lac.

À mesure qu'elle prenait de l'âge, elle s'affirmait de plus en plus. Au fond, Galipeau l'aimait beaucoup. Mais pas au point de lui abandonner ce lac dont elle ne saurait même pas tirer parti.

Il fut quand même content de la voir sur la plage, avec une bonne dizaine d'habitants du village. Le bateau s'approcha de la rive, et on aida Galipeau et Hubert Paquin à débarquer.

— Alors?

— Alors rien, déclara Hubert, bourru.

Professeur à l'école secondaire, il était aussi trappeur. Quand le maire avait raconté son aventure nocturne, il avait tout de suite trouvé la solution de l'énigme.

— Si le niveau du lac a monté, il n'y a qu'une seule explication: les castors.

Les objections n'avaient pas tardé.

— Mais voyons, Hubert! On n'a pas vu de castor dans le lac depuis cinq ans!

— On a vu des bêtes qui leur ressemblaient, rappela Paquin.

— Il n'y a pas de cabane de castors là-bas!

— Ils ne l'ont pas encore construite. Ils commencent par faire une digue, c'est tout.

— On aurait remarqué le barrage. Ça ne se construit pas en une nuit, une chose pareille!

— Ça se monte tranquillement, mais une fois prêt, ça se remplit vite, affirma Paquin.

— Mais le lac a tout de suite repris son niveau habituel!

Hubert Paquin avait haussé les épaules.

— Les castors ont travaillé sans qu'on le sache. Et si le niveau a baissé, c'est que le barrage a cédé tout de suite. Je vous le trouverai, moi, et vous verrez bien!

Le samedi suivant, on s'était rassemblé pour examiner les lieux. Et voilà que Galipeau et Hubert rentraient bredouilles.

Certains avaient insinué que le maire avait trop bu, la nuit de l'inauguration de la route. Mais Galipeau jouissait d'une solide réputation et ces attaques perfides s'étaient vite évanouies.

— Et si ça avait à voir avec les soucoupes volantes? proposa quelqu'un après avoir hésité.

— C'est vrai, opina un autre. Tu sais, Edmond, tu devrais aller consulter le... le...

— Le GÉSOVNI, compléta Brigitte. Si tu veux, j'irai avec toi.

Qui sait? Si elle amenait un témoin additionnel au centre et un nouveau phénomène, peut-être penserait-on qu'elle pouvait être utile.

— Ouais, bougonna le maire. Mais je préfère régler cette histoire entre nous. Ils doivent bien se trouver quelque part, ces castors!

— Il n'y en a pas, affirma Hubert Paquin, catégorique. J'aurais au moins aperçu des traces, des arbres coupés, des branches qui flottent, des pistes... Non, vraiment, il faut chercher ailleurs.

On discuta encore, puis on s'apprêta à retourner chacun chez soi. Mais il y avait deux étrangers dans le groupe. Edmond Galipeau les avait remarqués tout en pensant que certains avaient amené des amis. Il se dirigeait vers sa voiture quand on l'interpella.

— Monsieur Galipeau!

Il se retourna. Les inconnus s'approchèrent. En dépit de leur sourire, ils semblaient plutôt inquiétants, le regard dur, de vrais hommes d'affaires.

— Nous vous cherchions. Laissez-moi vous expliquer. Je m'appelle André Gauvin. Mon ami, ici, c'est Robert Leblanc.

— Enchanté. Et de quoi s'agit-il?

— C'est bien à vous, le lac?

— Pas tout à fait, dit Brigitte, qui s'était approchée.

Galipeau lui jeta un regard de maire irrité: on n'étale pas ses petits problèmes devant des étrangers.

— Oui, c'est à moi, affirma-t-il. Pourquoi?

S'agissait-il d'agents immobiliers, qui venaient lui offrir une fortune pour le lac? Si c'était le cas, il leur proposerait de venir discuter l'affaire en privé.

— Nous voulons vous demander la permission de nous installer ici pendant quelques jours, dit Gauvin. Enfin, quelques heures par jour. Nous voulons étudier les castors.

— Vous croyez qu'il y en a? s'exclama Galipeau, les yeux brillants.

— Probablement, affirma Leblanc. Vous voyez, nous sommes ornithologues...

Brigitte éclata de rire.

— Et vous prenez les castors pour des oiseaux?

— Nous nous diversifions, déclara Gauvin, en fusillant son compagnon du regard.

Nous avons vu la cabane, là-bas. On pourrait y installer notre équipement. Nous vous en parlons pour que vous ne nous preniez pas pour des malfaiteurs.

Galipeau regarda la jeune fille, qui trépignait.

— Écoutez-moi, décida-t-il. La cabane, c'est non. Elle est en trop mauvais état et pourrait vous tomber sur la tête.

Gauvin, qui semblait avoir cinquante ans, hocha la tête. Le maire venait d'ouvrir une porte. Son compagnon, qui avait peut-être trente ans et portait un tatouage sur le poignet, prit les devants.

— Cent dollars par jour, et on ne touche pas à la cabane. Ça vous va?

Il avait l'air d'un maffioso: à prendre ou à laisser, mais si vous ne prenez pas, on vous tire dessus.

— Et votre équipement, alors? demanda Brigitte.

De quoi se mêlait-elle, cette fille-là? C'est vrai qu'elle était ravissante. Leblanc allait dire quelque chose de fort désagréable, quand son compagnon l'arrêta d'un geste.

— C'est seulement en cas de pluie, vous comprenez. Nous pensons rester une semaine. Deux peut-être. Juste en soirée. Mais nous préférons ne pas être dérangés durant nos observations.

Galipeau se mit à compter dans sa tête. Sept cents dollars par semaine, c'est une sacrée bonne affaire!

— Alors, pour notre équipement, poursuivit Gauvin, nous apporterons une petite tente. En cas de pluie.

Il dévisagea le maire en souriant. Galipeau lui tendit la main.

— Pendant quelques jours, ça ira. Du moment que vous me faites un rapport sur le résultat de vos recherches. Et si vous me trouvez un castor, je vous paie une caisse de bière à chacun!

7

TRAFIC DE DROGUES ET SOUCOUPES VOLANTES

Marie-Thérèse Gordini et Maurice Dandurand étaient en uniforme et tous deux détestaient le porter durant les heures de travail. Parfois, comme ce jour-là, ils y étaient bien obligés mais ils préféraient l'incognito. Ils étaient tous deux détectives à la Sûreté du Québec.

Maurice alluma une cigarette. C'était plutôt mal vu, mais quand on fait un métier dangereux, on se permet des petites choses comme ça. Marie-Thérèse en prit une elle aussi. Elle se sentait nerveuse.

— Je n'aime pas ce qu'on nous demande de faire, avoua-t-elle. Je crois que c'est une erreur.

— Tu l'as dit, rappela-t-il, et on nous a demandé d'y aller quand même.

Elle se mit à pianoter sur le volant. Il éclata de rire.

— Si on arrêtait pour prendre un café?

— Pas maintenant. Au fond, dit-elle, ils ont peut-être raison. Nous ne sommes que des pions et nous ne savons pas tout à fait comment ils veulent jouer la partie. Alors, allons-y.

— Comme de bons soldats, compléta Maurice.

Ils entraient déjà dans le village. Marie-Thérèse remarqua un stand de hot-dogs: LA PATATE DORÉE. Ce serait peut-être agréable après leur visite.

Elle avança encore en se remémorant les indications: une grande maison blanche, de l'autre côté de l'église, avec une enseigne au-dessus de la porte.

— N'empêche qu'une fois arrivés, mau-gréa-t-elle encore, on leur dira qu'on les a à l'œil.

— C'est le but de l'opération, n'est-ce pas?

— Tout à fait! Mais ils peuvent alors changer d'idée. Si on se contentait de les surveiller, comme je le proposais, on pourrait les prendre en flagrant délit.

— Mais s'ils changent leurs plans, et qu'on s'en aperçoit, on saura qu'ils font bien partie de l'organisation.

— Oui. Mais laquelle?

Les Services américains, qui les avaient prévenus, parlaient d'un envoi important de stupéfiants dont l'acheteur serait le groupe Haddad. Ensuite, les pistes se brouillaient. Il n'y avait pas pénurie de drogue à Montréal. Par contre, on s'attendait à des livraisons importantes à Toronto, en dehors du territoire de Haddad. Un transfert de marchandise entre deux filières? Haddad n'opérait pas ainsi. Ce n'était pas un intermédiaire. Il n'allait pas courir de risques au profit d'un tiers. Bien sûr, il pouvait acheter des stocks pour les entreposer en attendant de les écouler. Mais alors, qui approvisionnerait le réseau de Toronto? Ou bien y aurait-il deux envois?

— À quoi penses-tu? demanda Maurice.

Sans répondre, la jeune femme tourna dans le terrain de stationnement du centre commercial et se gara près de la sortie.

— Il nous manque bien des éléments, dit-elle enfin. Alors, concentrons-nous sur nos instructions. Il s'agit d'un chargement important de cocaïne. Un des plus gros de l'année! D'après ce qu'on sait, ça se passera près d'ici. En avion. Mais où se trouve la piste d'atterrissage?

— Il y a bien des lacs, observa Maurice. L'avion, c'est peut-être un hydravion.

— Pourquoi pas? Un hydravion, un lac désert... C'est une bonne idée, tu sais! Quant à nous, on pense à des complices dans le village. Mais de là à soupçonner des maniaques qui étudient les soucoupes volantes!...

Maurice n'apprécia pas le mot «maniaques». Il croyait aux extraterrestres, lui!

— Depuis deux mois, rappela-t-il, on a vu des soucoupes en Alaska, au Yukon, dans l'Ungava et même ici. Moi, je préfère garder les yeux ouverts et l'esprit libre. Et puis je trouve ça normal que des gens s'y intéressent. On ne sait jamais...

Marie-Thérèse sourit, gentiment.

— Tu as tout à fait raison, déclara-t-elle, le regard plein de malice. Pourquoi ne ferait-on pas du trafic de drogues en soucoupe volante?

— Ce n'est pas ça! protesta son compagnon. Je dis seulement que ça n'a peut-être rien à voir. D'accord, ce centre d'experts est peut-être un camouflage. Mais il peut aussi s'agir de gens honnêtes qui cherchent à étudier un mystère intéressant.

— C'est ce que nous allons voir, conclut-elle.

Et ils partirent en direction de la maison blanche.

8

L'IMPORTANCE
D'ÊTRE DISCRET

Ils étaient tous les trois penchés autour du lit où sommeillait une jeune fille. Les trois, c'étaient la femme et l'homme qui avaient reçu Brigitte au centre et un jeune garçon qui pouvait bien avoir dix-huit ans. La dormeuse, qui parfois ouvrait l'œil pour le refermer aussitôt, avait des traits asiatiques.

— Ça ne va pas du tout, n'est-ce pas? demanda la femme, visiblement préoccupée.

— Oh, ça ira, murmura la jeune fille, en faisant un effort. Seulement, c'est tellement étrange...

L'homme hocha la tête, doucement. La situation l'ennuyait fort, même s'il faisait de son mieux pour l'accepter.

— Étrange, étrange... répéta-t-il. On s'y est pourtant habitués, nous!

Il regarda la femme et le garçon, comme on fait appel à des témoins.

— C'est difficile au début, mais ça ne dure pas. Et puis, tu sais bien que c'est notre seule chance. La seule! C'est cela, ou...

Il fit un geste inquiétant, qui semblait vouloir dire qu'autrement ils disparaîtraient.

La jeune fille fermait les yeux parce que les garder ouverts était très pénible; elle prononça quelques mots dans une langue qu'on ne saurait reproduire.

— Surtout pas! gronda l'homme. Ici, c'est en français, tu le sais bien. Il faut parler leur langue!

Elle répéta alors avec un sourire piteux:

— Excuse-moi. C'est vraiment difficile. Je vais de malaise en malaise. Comme si je tombais en morceaux. Mais je sens que ça passera.

— J'espère bien, dit la femme, encourageante. Repose-toi, c'est ce qu'il y a de mieux à faire.

Tous les trois descendirent au rez-de-chaussée. Ils avaient connu des moments pareils au début quand les images basculent, quand les sons arrivent tordus, quand ce qu'on mange et boit a une saveur fétide, quand on croit respirer des bouches d'égout, quand tout ce qu'on touche nous fait mal. Les malaises duraient quelques jours et disparaissaient. Dans le cas de la jeune fille, l'instabilité des sens se prolongeait depuis deux semaines. Quelques heures de calme, quelques heures de torpeur avec des crises de rejet, et de nouveau le calme, qui ne durait jamais.

— C'est vraiment étonnant, dit l'homme. Pourquoi est-elle aussi faible? On a procédé comme pour nous et comme pour les autres.

— Moi aussi, j'ai des rechutes, déclara la femme.

— Nous en avons tous. Mais elles ne durent que quelques minutes! Ça me préoccupe beaucoup. Toi, ça semble aller?

Le garçon, commodément installé dans le sofa, étira les membres et fit jouer ses muscles, absolument satisfait.

— Je n'ai jamais eu le moindre malaise. Dans mon cas, la technique était vraiment au point! L'autre jour, j'ai même battu une voiture à la course!

L'homme et la femme échangèrent un regard tout à fait mécontent.

— Raconte, ordonna l'homme, avec irritation.

On sentait que ce n'était pas la première fois que le garçon commettait un impair.

— Je roulais en bicyclette sur la route. Une voiture s'est mise à me talonner. J'ai eu peur, je crois, et j'ai pédalé et pédalé jusqu'à les semer. J'ai eu bien du mal à réparer mon vélo!

— Tu as roulé plus vite qu'une voiture? s'écria l'homme, excédé.

— Et elle fonçait! C'était une de ces voitures avec des lampes de couleur sur le toit.

La femme secoua la tête, découragée. Elle ressemblait à une mère face à son garçon indiscipliné et inconscient, dont on ne comptait plus les frasques. L'homme leva les bras, exaspéré comme un père qui doit répéter ses recommandations chaque jour.

— Mais tu ne te rends pas compte? C'était la police! Vraiment, tu dois faire plus attention. Il est essentiel, absolument essentiel de ne pas se faire remarquer!

Le garçon prit un air penaud, mais on voyait qu'il était fier de lui.

Un coup de sonnette interrompit la conversation. La femme se dirigea vers la porte.

— C'est la police, annonça-t-elle.

9

UNE VISITE AMICALE

— **B**onjour! J'espère que nous ne dérangeons pas. Je me présente: sergent Dandurand, de la Sûreté du Québec. Et voici l'inspecteur Gordini, ma collègue.

— Enchanté, répondit le vieux barbu, l'air affable et correct.

Un sourire poli aux lèvres, Marie-Thérèse examina les lieux d'un regard professionnel. Maurice Dandurand se sentait ému: pour la première fois, son enquête frôlait le monde de la science-fiction. Ils venaient visiblement d'interrompre une discussion. Le vieil homme semblait tranquille et sûr de lui, mais on voyait qu'il était habitué à se contrôler. La femme, par contre, paraissait nerveuse. L'adolescent, que Marie-Thérèse trouva vraiment très beau garçon, observait les policiers avec une grande curiosité.

— Mais asseyez-vous! s'exclama la femme, cordialement. Avez-vous vu des soucoupes volantes, vous aussi?

Gordini et Dandurand échangèrent un regard perplexe.

— C'est que les gens viennent nous voir quand ils croient avoir vu des OVNI, expliqua l'homme.

— Et que faites-vous, quand ils vous racontent leur histoire?

— Nous étudions les faits. Nous faisons des vérifications. Nous inspectons les lieux. Nous recoupons les témoignages. Enfin, nous préparons un rapport.

— C'est très intéressant! déclara Dandurand. Vous devez avoir des dossiers passionnants!

L'homme secoua la tête et haussa les épaules.

— Non, expliqua la femme. Jusqu'à présent, nous n'avons entendu que des récits vagues qui ne résistent pas à l'analyse.

50

— Mais il faut suivre chaque piste, lança le garçon avec enthousiasme. C'est notre métier.

— Nous aussi, dit Gordini. Vous permettez?

Elle se dirigea vers le bureau aménagé dans la salle à manger. Trois ordinateurs, de très bons modèles. La console comprenait également quelques appareils dont elle ignorait l'usage. C'était plutôt impressionnant, avec le mur couvert d'étagères où s'alignaient des dizaines de dossiers.

Des trafiquants de drogues ne s'installeraient sans doute pas de cette façon pour une affaire de quelques jours. À moins, justement, de se fabriquer une couverture. Peut-être s'agissait-il même du centre d'opération pour la bande.

— C'est très beau tout ça! Vous ne manquez pas de moyens!

— Nous sommes une organisation sérieuse, vous savez, commenta l'homme. Ici, ce n'est qu'une succursale. Le réseau comprend déjà quatorze centres à travers le monde. Le GÉSOVNI est une fondation internationale à but non lucratif, dûment enregistrée, accréditée et reconnue. Nous bénéficions de dons importants et de soutiens solides. Vous désirez vérifier nos papiers?

Gordini secoua la tête. Si on lui présentait des faux documents, elle ne serait pas en mesure de les reconnaître. Elle se réservait ce travail pour plus tard, une fois de retour à la Sûreté.

— Nous ne faisons aujourd'hui qu'une visite de courtoisie. Nous sommes responsables de ce territoire, vous comprenez, et nous tenons à établir de bonnes relations avec tout le monde. Dites-moi, êtes-vous nombreux dans votre succursale?

— Nos effectifs ne sont pas complets. Mais permettez-nous de nous présenter. Voici Helga Welde, ma collaboratrice principale. Daniel Radisson est à l'entraînement. Nous avons une jeune recrue, qui dort en haut. Elle s'appelle Keiko Takada.

— Vraiment, s'écria Dandurand, vous êtes les Nations Unies!

— Tous Canadiens cependant, précisa l'homme. Je m'appelle Nicolas Ergoutchov. Nous attendons encore trois collègues, qui arriveront pendant l'automne.

Marie-Thérèse Gordini en prit note. Ils avaient bien camouflé l'affaire. Ils n'agissaient pas comme des gens prêts à déguerpir dans deux semaines. Mais il fallait se méfier.

— Parmi vos collègues, demanda Dandurand, y a-t-il des Péruviens?

— Non, répondit Ergoutchov, médusé.

— Des Colombiens?

— Non.

— Des Iraniens? Des Libanais?

— Je ne crois pas, non. J'avoue que je ne comprends pas...

Gordini éclata de rire.

— C'est une déformation professionnelle, expliqua-t-elle. Maurice a souvent eu affaire à des trafiquants de drogues...

Elle observa le visage d'Ergoutchov. Il n'avait pas sursauté en entendant parler de trafiquants de drogues.

— Nous ne nous intéressons vraiment qu'aux extraterrestres, dit Helga. Mais nous avons deux centres en Amérique Latine et un au Caire; et ils nous enverront sans doute des visiteurs.

— Nous sommes une organisation mondiale, ajouta Nicolas et nous avons parfois des réunions de coordination.

Marie-Thérèse remarqua le jardin derrière la maison. On venait à peine de travailler la terre et on apercevait déjà quelques jeunes pousses. Non, ce n'était pas là le comportement de gens prêts à déguerpir après un mauvais coup.

— Vous voulez visiter la maison? offrit Helga.

Les policiers se consultèrent du regard. Ils n'avaient pas de mandat de perquisition. Si on leur offrait de visiter les lieux, c'est qu'ils n'y trouveraient rien. Il fallait toujours se méfier, même si ces gens semblaient honnêtes.

— Ce n'est pas nécessaire. Nous ne faisions vraiment que passer. Alors, je vous souhaite bonne chance dans vos recherches.

Elle se leva, prête à partir. Dandurand semblait hésiter.

— Dites-moi, demanda-t-il enfin, est-ce que vous croyez vraiment aux extraterrestres?

Nicolas Ergoutchov le regarda fixement.

— Nous sommes des gens de science. Nous écoutons, nous observons, nous fouillons. On parle de soucoupes volantes depuis très longtemps! Le GÉSOVNI a été fondé pour faire la lumière sur ces histoires. Cependant, je vous avoue que jusqu'à présent, nous n'avons pas reçu un seul témoignage qui ait résisté à un examen minutieux des faits. Autrement dit, la question reste ouverte. Nous continuons à chercher, consciencieusement et avec l'esprit ouvert.

10

DES FRITES ET DES HOT-DOGS

Après le départ des policiers, Helga, Nicolas et Daniel poussèrent un soupir de soulagement. Les visiteurs n'avaient pas mentionné l'incident de la bicyclette!

— C'est curieux quand même, dit Helga. Tu ne trouves pas?

— Des policiers désœuvrés qui veulent tuer le temps...

— Moi, ça m'a ouvert l'appétit, déclara le garçon.

— Excellente idée! Du pâté?

C'était leur nourriture habituelle, une bouillie de légumes et d'ingrédients synthétiques conçue pour eux.

— Non, décida Nicolas. Il faut apprendre à faire comme les gens d'ici.

— C'est que ce n'est pas très bon... rechigna Helga.

— Parce que notre estomac n'est pas habitué. Mais ça viendra en mangeant comme eux. Nous prendrons quelque chose de léger. J'ai remarqué un endroit qui semble attirer bien du monde.

Ils se mirent en chemin. Daniel, énergique et affamé, se retenait pour garder le pas de ses aînés.

Une dizaine de personnes attendaient devant le comptoir de LA PATATE DORÉE. Une fois servis, certains allaient manger dans leur voiture, d'autres s'installaient aux tables à côté du stand.

Deux jeunes gens, un garçon et une fille, étaient de service à cette heure. Un peu à tour de rôle, l'un s'occupait de faire cuire les frites, les hot-dogs, les hamburgers; l'autre se chargeait des rafraîchissements et de la caisse. Nicolas et Helga reconnurent la jeune fille qui était venue au GÉSOVNI en quête d'un emploi d'été.

Brigitte les regarda à peine, tellement le garçon attirait son attention. Elle sursauta quand l'homme lui demanda, pour la seconde fois, trois Cokes, trois frites et trois hot-dogs.

— Oui, bien sûr. Le Coke, vous le voulez Diet, Classic ou régulier?

— Euh... Un de chaque, s'il vous plaît.

— Bon. Et les hot-dogs?

— Trois, s'il vous plaît.

— «Steamés» ou grillés?

— Je ne sais pas... Grillés, je vous prie.

— Moutarde? Relish? Oignons?

— Un de chaque.

— Et les frites? Avec ou sans sauce?

— Un peu de sauce, mais pas trop.

— Pour emporter ou pour manger ici?

— Ici, ce sera très bien.

Brigitte eut l'impression que l'homme commandait au hasard, comme si c'était la première fois qu'il achetait des Cokes, des frites et des hot-dogs.

Pendant qu'elle faisait cuire les saucisses, elle entendit l'homme murmurer:

— Regardez les gens et faites comme eux, c'est tout. Il faut bien apprendre!

Elle sourit. Comme c'étaient des étrangers, leur comportement n'avait rien d'anormal. Au contraire, ils semblaient pleins de bonne volonté.

Une femme, qui faisait la queue derrière le trio, commanda un hamburger et un Seven-up Diet. Elle hésita, puis s'adressa aux visiteurs.

— Excusez-moi... Vous êtes de la Gaspésie, n'est-ce pas?

L'homme se retourna.

— La Gaspésie?

On aurait cru qu'il venait de tomber de la lune.

— Acadiens, alors?

— Acadiens?

— Je sais! Vous êtes Belges!

— Non, pas du tout. Pourquoi?

— À cause de votre accent. Je crois l'avoir entendu quelque part, mais je n'arrive pas à le replacer.

Le garçon lui adressa un grand sourire.

— C'est parce que nous sommes Québécois, expliqua-t-il.

— Ah, dit la femme, interloquée. Excusez-moi, mais c'est que... Enfin, excusez-moi.

Brigitte remplit les cornets de frites et disposa les hot-dogs et les Cokes sur un plateau. Elle entendit l'homme murmurer à voix basse:

— Je crois qu'il faudra aussi soigner notre accent.

Elle les regarda s'éloigner en direction des tables. À l'école secondaire, il y avait plusieurs étrangers dans sa classe. Des Portugais, des Somaliens, des Haïtiens, des Vietnamiens. Ceux-ci venaient de dire qu'ils étaient Québécois. Mais de quelle origine? Européens, sans doute, mais de quel pays? Le vieux barbu et la blonde un peu grassouillette n'avaient pas fait mine de la reconnaître. Peut-être étaient-ils trop énervés. Après tout, c'était une de leurs premières sorties dans le village. Et puis, quand elle était allée les voir, elle portait des lunettes.

— Si tu continues à rêver, mes frites vont brûler, dit le client.

Vite, se remettre au travail. Entre deux commandes, elle observait quand même le trio. Le garçon se comportait étrangement. Il examinait la canette de Coke avec une sorte de stupéfaction. Il la mit de côté, saisit le hot-dog entre ses doigts et l'avala en deux bouchées.

Jamais elle n'avait vu personne d'aussi maladroit. Au moins, il avait de l'appétit.

La femme blonde, qui était peut-être sa mère, se mit à lui parler. Brigitte, amusée, supposa qu'elle lui disait de manger comme tout le monde et pas comme un ogre. L'homme, qui était peut-être son père, lui montra comment on ouvre une canette. Il sembla lui expliquer aussi la façon de manger des frites.

Chose encore plus curieuse, le garçon ne la perdait pas des yeux. Quel regard intéressant! Elle lui sourit, de loin. Et il répondit à son sourire.

Brigitte se concentra alors sur les clients suivants. Mais elle se disait qu'elle avait maintenant une autre raison de vouloir travailler au GÉSOVNI.

11

ON VOUS
APPELLERA

Deux jours plus tard, le GÉSOVNI avait retrouvé sa vie normale. Keiko, rétablie, venait de dévorer joyeusement la moitié d'un poulet. Comme elle n'avait presque pas mangé depuis deux jours, il n'y avait là rien de surprenant, sauf la nature de la maladie, qui inquiétait Helga et Nicolas.

— Nous avons tout prévu, dit-il. De telles choses ne devraient pas nous arriver.

— Mais les analyses ne disent rien, rappela Helga. Et s'il s'agissait d'un défaut de fabrication?

— Il ne faut pas employer ce mot-là! gronda Nicolas. Un mot qui n'est pas le mot juste entraîne des explications erronées.

— N'empêche que vous avez parfois des malaises, et moi pas, intervint Daniel. Avec moi, on a procédé à des innovations qui semblent marcher. Je peux même pédaler plus vite qu'une voiture!

Il éclata de rire. Nicolas le dévisagea sévèrement.

— Justement, c'est trop. Quand on joue de la musique, un instrument qui sonne trop haut est aussi mauvais qu'un autre qui sonne trop bas.

Le front plissé, il réfléchit un instant, puis invita Keiko à l'accompagner. Elle s'installa devant la console principale et se posa elle-même sur les tempes, sur la lèvre et sur les poignets des électrodes terminées par de petites ventouses.

Helga examina attentivement les arabesques multicolores qui apparaissaient sur l'écran.

— Magnifique! Tu es maintenant en excellente santé!

— Sans savoir pourquoi, sans savoir ce qui est arrivé ni quand ça arrivera de nouveau, grommela Nicolas.

Il continuait à réfléchir. On sentait qu'il avait déjà tiré ses conclusions, mais qu'il les repassait au crible. Enfin, il se tourna vers les jeunes gens.

— Nous connaissons tous nos instructions, dit-il.

Helga fut la première à comprendre.

— Mais, Nicolas... protesta-t-elle.

— Il ne s'agit pas seulement de nous, poursuivit-il. Nous avons une mission! Et c'est le meilleur moment, maintenant que Daniel et Keiko se sentent aussi bien!

Keiko, du genre silencieuse, parlait rarement. Par contre, quand elle se décidait, elle n'y allait pas par quatre chemins.

— J'aime beaucoup Daniel, mais je n'ai pas envie d'avoir un bébé avec lui.

Ce n'était une surprise pour personne. Ils avaient sans doute souvent abordé le sujet.

— Il faut que tu penses à nous, déclara Nicolas. Si on veut s'enraciner ici, il faut bien commencer maintenant.

La jeune fille, qui avait peut-être le même âge que Daniel, secoua la tête.

— Nos instructions sont des indications, des conseils, pas des ordres. Je connais les programmes, moi aussi! J'ai envie de connaître les gens. Plus de gens. Des gens différents. Des gens d'ici. Je n'en ai pas vu tellement, mais ils m'attirent beaucoup.

Nicolas se grattait la barbe. Responsable du groupe, il n'avait pas le pouvoir de forcer quiconque, mais il devait prévoir le pire et indiquer la marche à suivre.

— C'est aussi dans les instructions, ajouta Keiko. Nous devons nous mêler à eux. Ne pas vivre en vase clos, mais multiplier les croisements, nous intégrer...

— Nous nous sommes donné une nouvelle composition génétique tout à fait compatible avec celle qu'on a trouvée ici, dit Helga, songeuse. On peut voir si ça fonctionne entre nous, bien sûr. Mais il faudra bien découvrir aussi si ça marche avec eux.

On sonna. Encore un illuminé qui venait leur parler de soucoupes volantes? Nicolas se dirigea vers la porte en faisant un effort pour dissiper sa mauvaise humeur.

— Tiens, c'est vous! De quoi s'agit-il?

Brigitte se tenait sur le portique. L'accueil manquait nettement de chaleur. Intimidée, elle se rappela qu'elle avait oublié de mettre ses lunettes. Et puis tant pis! Après tout, elle ne venait pas demander quoi que ce soit.

— Mais fais-la entrer, dit Helga, toujours cordiale.

Le jeune fille sourit en apercevant le garçon. La présence de l'autre fille la surprit. S'agissait-il de sa sœur? Non, elle semblait asiatique. Que ces gens étaient donc bizarres!

— Vos frites sont excellentes! s'écria le garçon. J'ai beaucoup aimé!

— Vous pouvez revenir quand vous voudrez, dit Brigitte, radieuse.

Elle était un peu mal à l'aise de dire «vous» à un garçon de son âge. Mais bien des Européens qu'elle avait rencontrés avaient cette habitude.

— Je suis heureuse de voir que vous avez trouvé un emploi, dit Helga. C'est pour tout l'été?

— Oui. Et justement... Voilà: je travaille de midi à huit heures. J'ai du temps libre le matin et le soir, parfois l'après-midi. Alors, j'ai pensé... J'aimerais vous offrir mes services. Comme volontaire. Je ne demande rien en échange. Rien que la chance de travailler avec vous et d'apprendre le plus de choses possibles. C'est que c'est un domaine qui m'intéresse tellement!

Le barbu la regarda, pensif.

— Je sais me servir d'un ordinateur, ajouta-t-elle, et j'ai beaucoup de facilité à apprendre les programmes. Je suis sûre que je pourrai me rendre utile sans déranger.

— C'est très gentil à vous, dit Nicolas, mais ce n'est pas possible. Nous ne pouvons pas élargir notre équipe en ce moment.

Curieusement, Brigitte eut l'impression que la femme et le garçon étaient aussi déçus qu'elle, même s'ils ne voulaient pas contredire celui qui était peut-être le patron.

— C'est dommage... murmura-t-elle.

— Mais donnez-nous vos coordonnées, lança le garçon, tout à coup. Oui, votre adresse, votre numéro de téléphone. Et si ça devient possible, on vous appellera.

Le cœur battant, Brigitte prit un bout de papier et fournit les renseignements demandés. Même si ce nouveau refus la blessait, elle avait l'impression d'avoir marqué un point, d'autant plus précieux qu'il s'agissait visiblement d'une initiative du garçon.

Quand Nicolas eut refermé la porte, il se trouva face à trois visages réprobateurs.

— Il n'y a pas d'autre moyen, déclara-t-il. Il faut dire non! Vous vous imaginez ce que ce serait avec une étrangère parmi nous?

Helga secoua la tête, absolument pas convaincue.

— Il faut bien commencer à s'associer avec des gens d'ici!

— Et elle semble pleine de bonne volonté, dit Daniel. Pourquoi ne pas en profiter? Et puis, elle est tellement sympathique!

Nicolas fronça tout son visage hirsute. Helga sourit.

— J'aime beaucoup ses yeux, poursuivit Daniel, rêveur.

— Non, non! protesta l'homme. Tu ne vas pas faire comme Keiko!

— C'est qu'elle a vraiment l'air en bonne santé! dit Helga. Elle m'a fait bonne impression chaque fois que je l'ai vue.

— À la rigueur, on pourrait prélever un échantillon de son ADN, admit Nicolas. Pas pour nous, bien sûr, ce serait trop risqué. Mais on pourrait l'essayer ailleurs.

Daniel resta immobile deux secondes. Ensuite, il eut un rire sonore qui décontenança tout le monde.

— Mais nous ne sommes plus à ce stade-là! lança-t-il. Nous avons tous les éléments génétiques nécessaires. Inutile d'en chercher davantage! Je crois qu'il est grandement temps de se rapprocher des gens.

Il prit le bout de papier que la jeune fille avait laissé.

— Tiens, elle s'appelle Brigitte Shannon, comme le lac...

12

CONSULTATION PRIVÉE

Edmond Galipeau traversa pour la quatrième fois le petit parc qui faisait face à l'église. Faute de mieux, il fumait. On se donne contenance comme on peut.

Mal à l'aise, il lorgnait du côté de la maison blanche. Il aurait pu décrire par cœur l'affiche du GÉSOVNI. Chaque fois qu'il s'approchait de l'immeuble, quelqu'un surgissait: un passant, un voisin, un client. Galipeau rebroussait chemin.

Il se rendait bien compte qu'il agissait comme un adolescent timide qui n'ose pas sonner chez la fille dont il rêve, ou comme un homme respectable qui rôde autour d'une boîte que la morale réprouve. Mais que diraient les gens, s'ils apprenaient que leur maire prenait vraiment au sérieux ces histoires d'extraterrestres?

Finalement, il se dirigea courageusement vers la maison.

— Entrez, entrez! dit Nicolas Ergoutchov, en quittant des yeux l'écran de son ordinateur.

Daniel, qui travaillait dans la même pièce, poussa une chaise du côté du visiteur:

— Bonjour. Je viens pour une consultation.

Ergoutchov fit signe à Daniel qui tira un formulaire d'un tiroir et prit un stylo entre ses doigts.

— C'est très bien, dit Nicolas, affable et intéressé. Votre nom, s'il vous plaît?

— Euh... Mon nom ne vous dirait rien.

— On va mettre «monsieur le maire», dit Daniel.

Galipeau avala sa salive. Puisqu'on l'avait reconnu, il n'avait rien à cacher.

— Il s'agit quand même d'une consultation privée...

— Vous pouvez compter sur notre discrétion. Tous nos dossiers demeurent confidentiels. Nous n'en révélons la nature que sous forme de statistiques. Ou bien, nous changeons les noms. Nous vous écoutons.

Comme c'était embarrassant! Galipeau avait parlé de son aventure avec des amis, mais en riant un peu, en s'en tenant aux faits, en supposant une pluie d'étoiles filantes et en cherchant un barrage de castors. Jamais, au grand jamais il n'avait laissé supposer qu'il pouvait y croire.

— Vous, est-ce que vous pensez vraiment que les soucoupes volantes existent? demanda-t-il, un peu gêné.

Il vit devant lui deux visages impassibles.

— Nous prenons note des phénomènes, dit enfin Ergoutchov. Nous n'en tirons pas de conclusions prématurées.

— Mais racontez-nous ce que vous avez vu, invita Daniel. Nous ferons de notre mieux pour analyser les faits.

Galipeau réfléchit. Il avait plongé et il fallait nager.

— Bon, voilà. Un soir, je me promenais près du lac Shannon.

— La date, s'il vous plaît.

— Je ne sais pas... La nuit du vendredi, il y a deux semaines. J'ai remarqué comme un feu d'artifice dans le ciel.

— Un grand feu d'artifice? Un tout petit?

— À quelle distance?

— Quelle dimension? Quelles formes?

— Quelles couleurs?

Ainsi mitraillé de questions, Galipeau éprouvait du mal à se remémorer tous les détails de cette nuit.

— Ce n'était pas grand-chose, je l'avoue. Mais c'était quand même une pluie de lumières! On aurait dit une soucoupe volante qui descendait sur terre. Vous savez, comme dans les films...

— C'était peut-être le souvenir d'un film, en effet. Et ensuite?

Un peu dérouté par cette remarque sceptique, Galipeau hésita. Mais il fallait aller jusqu'au bout.

— Peut-être. Mais ensuite, il y a eu autre chose. J'étais assis au bord du lac. Tout à coup, l'eau s'est mise à monter. J'en ai eu jusqu'aux chevilles. Non, jusqu'aux mollets. Alors, j'ai pensé, plus tard, que c'était comme si une soucoupe s'était enfoncée dans le lac, en faisant monter le niveau de l'eau.

— C'est très intéressant! Et ensuite?

71

— Ensuite, l'eau a retrouvé son niveau normal.

Ergoutchov parut déçu. Galipeau le dévisagea, intensément.

— Vous auriez dû voir la soucoupe repartir, observa Daniel.

— Justement pas! Et c'est ce qui est incompréhensible, n'est-ce pas? C'est pourquoi je viens vous consulter.

— Ce n'est pas incompréhensible, déclara Ergoutchov. On peut imaginer que l'eau s'est écoulée par des ruisseaux.

Ravi, Galipeau se rappela que son ami Hubert Paquin, le trappeur, avait émis la même supposition. L'eau qui disparaissait par la brèche d'un barrage de castors mal construit... Ils n'avaient rien trouvé, mais Galipeau avait continué à réfléchir au problème. Et il avait pensé alors qu'une bouteille vide peut flotter, mais qu'elle coule si on retire le bouchon.

— Il se pourrait aussi, remarqua-t-il, que la soucoupe ait eu un accident et qu'elle se soit remplie d'eau.

Daniel se tourna vers le vieux barbu.

— Ce n'est pas impossible, dit-il. Une soucoupe volante dans le lac, ce serait tout de même extraordinaire!

Nicolas Ergoutchov hocha la tête, pensif.

— Il serait possible mais très coûteux de sonder le lac. Pourrions-nous compter sur l'appui financier de la mairie?

Galipeau s'imagina face au Conseil. Jamais il ne convaincrait qui que ce soit à s'engager dans une telle opération! Quant à demander l'aide des autorités provinciales, c'était hors de question. Non seulement Saint-Clément-du-Lac deviendrait la risée du monde entier, mais on douterait des facultés de son maire.

— Je croyais que le GÉSOVNI avait été justement mis sur pied pour mener de telles recherches.

— Et vous avez raison! Cependant, nous sommes des gens prudents et consciencieux. Nous voulons aller jusqu'au bout de cette histoire, mais pas à l'aveuglette! Il nous faut des témoins. Si un nombre suffisant de gens ajoutaient leur témoignage au vôtre en nous fournissant d'autres détails sur la présence possible de soucoupes volantes dans la région, nous serions prêts à aller de l'avant.

— Eh bien, ces témoins, vous les aurez!

13

RIEN QU'UN FILM

Après deux heures très actives dans la bousculade incessante des clients affamés, LA PATATE DORÉE connaissait enfin un instant de calme. Épuisée mais contente d'avoir réussi à servir autant de monde sans brûler ses frites ni ses hamburgers, Brigitte regarda les deux hommes attablés et engagés dans une grande conversation. Tout à son travail, elle ne les avait pas remarqués. Maintenant, elle les reconnaissait.

C'était bien ceux qui avaient demandé la permission d'étudier les castors ou les oiseaux du lac Shannon. Il y avait dans leur visage quelque chose de dur qui rebutait la jeune fille. Le regard inquiétant du plus vieux la mettait aussi mal à l'aise que l'expression menaçante du plus jeune.

Elle avait quand même envie de savoir ce qu'ils projetaient vraiment.

Elle s'approcha prudemment.

— Je ne sais pas encore quel jour ce sera, dit André Gauvin, le plus âgé. C'est vraiment le secret le mieux gardé dans le milieu! Mais on sait que ce sera bientôt, et qu'il fera nuit. Alors, il suffit d'être là et d'être prêts.

— Ils s'attendent à ce que ce soit un couple, rappela Robert Leblanc. De loin, ça va. Mais dès que le pilote nous verra de près, il se méfiera.

— Pas si tu restes sur la rive. Habillé en femme.

— Moi, porter une jupe? Ça ne va pas, non?

André éclata de rire.

— Juste cinq minutes! C'est très bien payé, tu ne trouves pas?

— Et pourquoi ce ne serait pas toi?

— Parce que tu as les cheveux longs.

— Prends une perruque.

— Si on avait le temps!... Une perruque, ça s'envole. Il faudra faire vite. D'abord, se débarrasser du camion. Prendre les vêtements de la femme. Tu les mets en vitesse...

— Et si elle porte des jeans?

— C'est vrai. Il vaudrait mieux se procurer une jupe à l'avance. Comme ça, on sera sûr qu'elle sera à ta mesure.

— Je n'aime pas ça!

Robert serra les dents et regarda autour de lui. C'est alors qu'il remarqua Brigitte qui attendait patiemment.

— Qu'est-ce que tu fais là, toi? demanda-t-il, brutalement. On ne t'a pas appelée!

— Je voulais voir si vous aviez besoin de quelque chose, dit Brigitte simplement.

Plus elle y pensait, moins elle avait envie de parler à ces gens-là.

— On a tout ce qu'il nous faut. Autrement dit, fous le camp!

Il se rappela alors qu'il avait déjà vu cette fille-là. Le premier soir, près du lac. Cette garce s'était moquée de lui, parce qu'il avait confondu ornithologues et archéologues ou autre chose! Mais elle était vraiment bien tournée, se dit-il.

André, plus calme que son compagnon, observa la jeune fille. Depuis combien de temps était-elle là? Quelle imprudence, quand même! Et si elle avait tout entendu?

— Tes frites sont excellentes, tu sais. N'est-ce pas, Robert?

— C'est vrai, oui. Je n'en ai jamais trouvé d'aussi bonnes à Montréal!

Il se tourna vers la jeune fille.

— Est-ce la seule chose que tu fasses aussi bien? Je suis prêt à en essayer d'autres...

Le regard glacé de Brigitte lui coupa la parole. Mais, songea-t-il, s'il avait la chance de la tasser dans un coin, elle ne se montrerait pas si difficile.

— Je prendrais bien un autre Pepsi, dit André, avec un sourire engageant.

Elle avait surpris une partie de leur conversation et il devait trouver moyen de dissiper tous ses soupçons.

— Nous parlions d'un film, expliqua-t-il.

— On l'a vu à la télé, hier soir, ajouta Robert. C'était très bon!

André serra les dents sur son sourire. Pourquoi devait-il travailler avec un idiot impulsif?

— Pas celui-là, rectifia-t-il, gentiment. Celui que nous voulons faire. Tu vois, ma petite, je suis réalisateur. J'ai un bon projet de film, un suspense policier...

— Que vous tournerez au lac Shannon? demanda Brigitte, en cédant à l'enthousiasme. C'est un si bel endroit! C'est pour ça que vous êtes venus?

77

— C'est bien cela. Mais il ne faut pas le dire trop haut. D'autres pourraient nous voler le projet! Alors, on préfère faire semblant d'étudier les castors. Mais nous avons trouvé de très beaux décors!

— Si tu veux, ajouta Robert, on pourrait te donner un rôle. Tu es drôlement bien faite après tout! Aimerais-tu passer un test?

Elle n'aimait pas son regard d'oiseau de proie. Et puis, toute cette histoire semblait cousue de fil blanc.

— Un Pepsi pour vous aussi? demanda-t-elle, froidement.

— Pourquoi pas? Ça nous donnera peut-être d'autres idées. Et j'espère qu'elles seront aussi appétissantes que toi!

Il accompagna son commentaire d'un regard glouton. Brigitte haussa les épaules et alla chercher la commande. On n'a pas toujours les clients qu'on souhaite.

14

UN ACCIDENT

Daniel referma le manuel. Encore un logiciel à apprendre! Il s'était exercé en le lisant et était content de lui. Encore quelques exercices et il pourrait s'en servir les yeux fermés.

— Maintenant, j'ai faim! Vous venez manger quelque chose? Moi, je vais à LA PATATE DORÉE.

— Pour les frites ou pour cette jeune fille? demanda Helga avec un sourire.

Daniel rougit, puis haussa les épaules. Nicolas et Keiko, occupés à mettre au point un appareil électronique, ne tenaient pas à interrompre leur travail.

— Je t'accompagne, dit Helga. J'ai besoin d'air frais.

Le kiosque se trouvait à cinq cents mètres, le temps d'une bonne conversation. Elle n'y alla pas par quatre chemins.

— Qu'est-ce qui t'attire, chez elle?

— Ses yeux. Sa façon de regarder.

— Tu la trouves différente de nous?

— Non, ce n'est pas ça. J'aime beaucoup Keiko, tu sais. Mais ça ne va pas plus loin. Alors, je regarde autour. Je cherche. Et tout à coup, il y a cette fille...

Helga sourit. Daniel connaissait très bien le nom de la jeune fille. Elle leur avait laissé ses coordonnées quand elle avait visité le centre. Décidément, Daniel avait appris à réagir comme les garçons de son âge.

— Elle s'appelle Brigitte Shannon, dit-elle.

— C'est vrai, Brigitte... C'est joli. Eh bien, je la trouve magique. Elle me fait quelque chose. Je pense à elle. C'est nouveau. J'aimerais la revoir, et souvent. Ensuite, je verrai plus clair.

Il ralentit le pas. Helga marchait plus lentement que lui. Peut-être avait-elle encore des malaises.

— Je sais que Nicolas n'est pas vraiment d'accord. Il préférerait que nous nous entendions, Keiko et moi. Mais ces choses-là ne se commandent pas.

— Nicolas a l'impression qu'il faut se presser. Toi, tu as l'air en bonne santé. Nous, on est plus fragiles. Nicolas trouverait plus prudent de... Enfin, il aimerait mieux que tout se passe d'abord entre nous. C'est-à-dire, entre vous deux.

Daniel le savait très bien. Mais il voulait vivre sa vie à sa façon, pas selon les plans des autres.

— L'objectif, c'est de nous enraciner ici, rappela-t-il. Et il y a plusieurs façons de le faire.

— Sans aucun doute, approuva Helga. Mais nous avons tous une grande responsabilité. Si tu t'arrangeais avec Keiko, il n'y aurait aucun problème. Les enfants viendraient et ils se mêleraient aux autres. C'est la première étape pour confirmer que ces transplantations d'ADN sont permanentes et viables. Tandis que...

— Je sais, je sais! Tu crois qu'avec des gens d'ici, nous ne pourrions pas tenir notre langue, Keiko ou moi.

— Nicolas le craint, rectifia prudemment Helga. Ça doit rester... le secret le mieux gardé. Si tu choisissais Keiko, ce serait si simple!

— C'est vraiment la première fois?

Elle avait de la peine à le croire. Il hocha la tête en souriant.

— Mais d'où est-ce que vous venez?

— Du Nord, dit-il.

C'était vague mais d'autres clients venaient d'arriver et elle ne pouvait pas prolonger la conversation. Après avoir payé, Helga et Daniel s'installèrent dehors. Brigitte, amusée, remarqua qu'il dévorait consciencieusement son hot-dog sans se presser et sans hésiter.

Elle tendit les frites au client suivant. Et elle s'arrêta tout à coup. Un enfant jouait dans la rue. Il allait et venait sur des patins à roulettes, tournait sur lui-même, fonçait droit devant lui, freinait brusquement et se lançait parfois en marche arrière à toute vitesse. C'était dangereux. Elle eut envie de le mettre en garde.

Trop tard. Deux hommes traversaient la rue avec une grande vitre qu'ils venaient de débarquer d'un camion de livraison. En apercevant l'enfant qui reculait vers eux, les hommes se figèrent. La vitre sauta en éclats et l'enfant tomba en poussant un cri.

Brigitte et d'autres témoins se précipitèrent. L'enfant hurlait, le bras lacéré. Le sang giclait.

— Vite! Vite! Une ambulance!

— Surtout, arrêter le sang!

Un homme retira rapidement sa chemise. Il essaya de fabriquer un garrot avec la manche. Le sang jaillissait toujours.

— La blessure est trop profonde!

— Mais il va perdre tout son sang!

Helga et Daniel s'approchèrent. L'enfant n'avait plus la force de crier. Il geignait péniblement, de plus en plus livide.

— Il faut le conduire à l'hôpital. Est-ce que quelqu'un a une voiture?

— Pas la peine, il sera trop tard.

Soudain, Helga repoussa les hommes et se pencha sur l'enfant. Là où le sang ne cachait pas le bras, on voyait la peau bleuir. Helga se concentra, le visage absolument immobile.

Lentement, elle posa la main sur la blessure.

L'enfant râla.

— Excusez-moi, madame... Etes-vous infirmière?

Daniel se tourna vers l'inconnu, le doigt sur les lèvres.

— Ne la dérangez pas, s'il vous plaît.

Helga regarda profondément l'enfant qui se calma.

La blessure ne saignait plus.

— Ça ira, maintenant, murmura-t-elle. Mais conduisez-le vite à l'hôpital.

On avait trouvé une voiture. Deux secondes plus tard, on emportait l'enfant. Brigitte s'approcha, émue.

— Vous êtes guérisseuse pour arrêter le sang?

— Non, non... dit Helga.

Elle se sentait visiblement mal. Elle se releva péniblement.

— Viens, Daniel. Rentrons.

Brigitte les regarda s'éloigner, stupéfaite, heureuse aussi, car elle connaissait maintenant le nom du garçon.

15

DOUBLES PARFAITS

Nicolas Ergoutchov prit un stylo et le déposa dans ce qui ressemblait à un double four à micro-ondes. Dans le second compartiment, il répartit sur un plateau une boule de métal, un morceau de plastique, un flacon d'encre, un peu de poudre.

Il régla la minuterie et appuya sur un bouton.

Il attendit.

Deux minutes plus tard, il retirait le stylo intact et ouvrait le second compartiment. Il y trouva une réplique du stylo, un peu de métal, un peu de plastique, la bouteille d'encre à moitié vide, un restant de poudre.

Satisfait, il ouvrit une vieille serviette qu'il avait trouvée, cachée derrière une armoire de la cabane du lac Shannon. La serviette contenait plusieurs documents, des factures, des reçus, des lettres. Nicolas prit un chèque au hasard et le plaça dans le premier compartiment. Dans le second, il déposa une feuille de papier et le stylo.

Il mit l'appareil en marche. Vingt secondes plus tard, il en tirait le double parfait du chèque et des rebuts. Le stylo était intact. Son encre avait juste servi à transcrire l'ordre manuscrit ainsi que les cachets de la banque.

Excellent! L'appareil fonctionnait à merveille. Il pouvait reproduire n'importe quel objet, un livre, une pipe, une cassette stéréophonique, un tableau, un collier, un diamant. Il suffisait d'insérer les ingrédients appropriés en quantité suffisante. Jusqu'à un certain point, l'appareil effectuait automatiquement la copie fidèle de certains matériaux de structure moléculaire similaire: plastiques, métaux, certains papiers.

On ne pouvait cependant pas y placer une souris, une mouche, un ver de terre, car ces structures complexes dépassaient le pouvoir de l'appareil. Des modèles plus perfectionnés permettaient de reproduire des amibes, des protozoaires, des protéines, des enzymes, de l'ADN. Dans son cas, comme dans celui d'Helga et de Keiko, on avait procédé à la reconstitution génétique dans l'espace, à l'abri de la gravité terrestre. Daniel était un des premiers à avoir subi l'opération sur la Terre et avait obtenu de meilleurs résultats, semblait-il.

Nicolas procéda alors à quatre expériences. Il avait conservé les copies parfaites des gènes dont on s'était servi. Le premier échantillon, le sien, avait été prélevé sur un vieux trappeur ukrainien qui vivait en ermite au bord du lac Nahant. Le second, celui d'Helga Welde, provenait d'une ethnologue allemande qui étudiait les coutumes inuit dans l'île de Baffin. Le troisième, celui de Keiko Takada, était celui d'une jeune touriste japonaise venue admirer les aurores boréales à Whitehorse. Le quatrième, celui de Daniel Radisson, un étudiant québécois qui faisait du camping sauvage avec ses parents dans la région de Mingan.

Il compara ces gènes originaux avec des cheveux et des rognures d'ongles d'Helga, de Daniel, de Keiko et de lui-même.

L'appareil ne releva aucune déformation. Nicolas avait supposé que les gènes de

Daniel auraient peut-être évolué différemment. Ce n'était pas le cas mais c'était grave, car on ne pouvait expliquer les malaises occasionnels d'Helga, de Keiko et les siens ni comprendre pourquoi Daniel se portait si bien.

Il répéta l'expérience en sens inverse.

À sa surprise, le cadran lumineux relié à l'appareil indiqua de légères oscillations, sauf dans le cas de Daniel dont l'image restait parfaitement immuable.

Soucieux, il retourna dans le salon. Helga s'était couchée sur le divan. Elle respirait mieux, mais se sentait encore faible. Elle racontait ses symptômes à Keiko, qui y reconnaissait les siens. Daniel, fier de sa bonne santé, les écoutait attentivement.

— J'ai trouvé quelque chose, annonça Nicolas.

— Nous manquons de vitamines naturelles, de minéraux de base, n'est-ce pas?

— Peut-être. Nous pouvons y remédier, mais je pense que c'est plus grave. Il y a quelque chose d'instable dans nos gènes mêmes. Cependant, la nature exacte du phénomène m'échappe, et nos appareils ne sont pas en mesure de nous fournir la solution.

Il réfléchit.

— Nous devons essayer de nous en tirer par nos propres moyens. Ce sont les instructions. Il s'agit de savoir si c'est temporaire ou non. Nous surveillerons notre régime alimentaire et nous referons le test pendant une dizaine de jours. Ensuite, nous déciderons s'il y a lieu de consulter le réseau.

16

LA POLICE NE DORT JAMAIS

Le téléphone sonna. Marie-Thérèse Gordini étira le bras, appuya sur un bouton de son répondeur automatique et écouta le message comme une somnambule.

— J'ai des nouvelles pour toi. Veux-tu me rappeler au...

Elle leva l'écouteur.

— Oui, Maurice, je suis là.

— Tu ne dormais pas?

— Qu'est-ce que tu crois? Il est trois heures du matin, mais la police ne dort jamais!

Elle bâilla. Quel métier! Si Maurice Dandurand l'appelait, ça devait être très important.

— Où es-tu?

— Chez moi. Je viens de rentrer. J'ai passé la soirée au CHAT NOIR.

Elle avait eu l'occasion d'y accompagner Maurice, pour des raisons professionnelles, il va de soi.

— J'espère que les filles étaient moins endormies que l'autre fois.

— Elle s'améliorent. J'ai rencontré Marco.

— Bon. Ça devient intéressant.

Marco était un des meilleurs indicateurs de Robert. Un gars intelligent, perspicace et prudent. Il trempait souvent dans des affaires louches mais insignifiantes. Il savait combien la police pouvait fermer les yeux sur ses activités, en échange de renseignements utiles.

— Comme il avait faim, nous avons été prendre des frites dans un snack-bar. Elles étaient dégueulasses!

Mais qu'avait-il à tourner autour du pot?

— Écoute, dit-elle, je faisais un très beau rêve...

— Est-ce que j'en faisais partie?

— Jamais durant les heures de travail, tu le sais bien.

— Malheureusement, soupira-t-il, tu travailles vingt-quatre heures par jour.

— C'est pourquoi le sommeil est précieux. C'était un très beau rêve, je te dis! Alors j'aimerais voir la suite. Ne me garde pas éveillée trop longtemps.

— J'aime tellement ta voix de chambre à coucher!

Cher Maurice! Ils travaillaient ensemble depuis longtemps et échangeaient parfois des plaisanteries pour passer le temps plus agréablement.

— Si tu veux en pimenter tes rêves, la meilleure chose à faire, c'est de dormir aussi.

Elle bâilla encore bruyamment pour souligner sa suggestion.

— Bon, j'ai compris, dit Maurice, résigné. Marco a parfois travaillé pour Montero. Il a toujours de bons contacts à Toronto. Il a appris qu'ils s'attendent à quelque chose de gros le 17 de ce mois.

— Très intéressant! s'écria Marie-Thérèse.

Leurs sources américaines leur avaient appris, quelques jours plus tôt, que la cargaison commandée par Haddad arriverait bien à cette date.

— Suppose que Montero veut détourner la marchandise, dit Maurice. Ce ne sera pas la première fois, mais Haddad n'aimera pas être volé. Quand il apprendra qu'une pluie de cocaïne est tombée sur Toronto, il saura que c'est Montero. Et ça déclenchera une belle guerre!

— Un instant, l'arrêta Marie-Thérèse. Les gens de Montero ne se montrent pas à Montréal. Ceux de Haddad les connaissent trop.

— Et que fais-tu, dans ce cas-là? demanda Maurice. Eh bien, tu brouilles les pistes. Tu engages une équipe de nouveaux venus.

— Comme ces cocos qui font semblant d'étudier les soucoupes volantes, compléta la jeune femme.

Maurice fit une grimace. Quand Marie-Thérèse se moquait ainsi des experts en phénomènes extraterrestres, il se sentait visé. Mais il ne fallait rien négliger.

— C'est possible, admit-il. Mais ils peuvent aussi avoir trouvé des complices dans l'entourage de Haddad. Robert Leblanc, ça te dit quelque chose?

— Une brute sans jugeote. Il ne serait pas capable d'un coup pareil. D'ailleurs, il ne travaille plus chez Haddad.

— Je sais. Mais il a toujours des contacts là-bas, et les gens parlent parfois un peu trop. Je pense à lui, parce que Marco le connaît. Voici deux jours, Robert lui a dit qu'il serait bientôt très riche. Ça fait plusieurs coïncidences, n'est-ce pas?

— Montero est trop intelligent pour se fier à un idiot comme Leblanc.

— Tu as un bon point. Par contre, un autre renseignement m'est tombé du ciel. À cause des frites.

Marie-Thérèse eut envie de raccrocher. La réveiller à trois heures du matin pour lui parler de frites!

— Quand Marco a demandé à Leblanc ce qu'il ferait avec son argent, raconta Maurice, il lui a dit qu'il s'achèterait un stand de hot-dogs. LA PATATE DORÉE. Parce qu'on y servait les meilleures frites au monde et qu'il y avait là une fille tout à fait... Enfin, c'est trop grossier, je ne te dirai pas la suite.

— Des frites, des hot-dogs, une gamine... Qu'est-ce que c'est que ces histoires-là?

Tout à coup, le déclic se fit dans la tête de la jeune femme.

— LA PATATE DORÉE, tu as dit? J'ai vu ça, il n'y a pas longtemps...

— Exactement! s'écria Maurice en jubilant. C'est à Saint-Clément-du-Lac. Ça t'en bouche un coin, n'est-ce pas? Si Robert Leblanc rôde autour du lac Shannon...

— Tu as raison. Fais-le surveiller de près. Et merci de m'avoir réveillée!

17

VIENS VOIR
MON LAC

Brigitte ralentit en apercevant Daniel.
Comme il était agréable à regarder! Quand elle
fut à côté de lui, elle freina et baissa la vitre.

— Bonjour!

Elle aimait la lumière qui éclatait dans les
yeux du garçon. Peut-être la trouvait-il à son
goût? Ce serait tellement beau!

— Bonjour, répondit-il, agréablement surpris. J'allais justement me chercher des frites.

— Aujourd'hui, je ne travaille pas. Mais je peux te conduire.

Il remercia et monta dans la voiture. Deux minutes plus tard, ils arrêtaient devant LA PATATE DORÉE. Ni l'un ni l'autre n'avait prononcé un mot, et pourtant le silence ne leur pesait pas.

— J'espère que tu les trouveras aussi bonnes que les miennes!

— Les quoi? dit-il, perplexe.

— Les frites, voyons!

Il la regarda au fond des yeux.

— C'est que... Bon, voilà. Tes frites sont très bonnes, mais c'est un prétexte. La vérité, c'est que j'avais envie de te voir. Je ne connais personne ici, et...

— Et ça tombe bien, enchaîna-t-elle, parce que moi aussi, j'ai bien envie de te connaître.

Brigitte était d'habitude beaucoup plus réservée. Avec les garçons, elle ne faisait jamais les premiers pas. Mais c'était peut-être parce que personne encore ne l'avait vraiment attirée.

Celui-ci, malgré son air assuré, était plutôt maladroit. Elle s'en était rendu compte dès le premier jour quand il dévorait son hot-dog sans trop savoir comment. Sa gaucherie lui donnait beaucoup de charme.

— Tu n'es vraiment pas d'ici, n'est-ce pas?

— Non. Nous habitions près de Sept-Iles. Nous venons juste d'arriver.

— Avec tes parents?

— Je n'ai pas vraiment de parents.

— Orphelin?

— Oui, c'est cela. Je suis en train de découvrir le monde.

Il sourit. Il y avait en lui une bonne humeur tranquille et contagieuse.

— Eh bien, je te montrerai le plus beau coin de la région. Viens voir mon lac! Ça t'intéresse?

Il ne demandait pas mieux. Elle se fit servir des frites, des hot-dogs et deux Cokes, puis ils s'engagèrent sur la route de la forêt. Elle gara la voiture près de la plage naturelle et ils gagnèrent le chemin qui longeait le grand rocher.

— Je suis déjà venu ici, dit-il. C'est le lac Shannon, n'est-ce pas? Et il est à toi?

— Puisque je m'appelle Brigitte Shannon! Le lac appartenait à mon grand-père. Au siècle passé, il y avait beaucoup d'Irlandais dans la région. Maintenant, ils ne sont plus nombreux. Toi, comment tu t'appelles?

— Daniel Radisson.

Vraiment, elle n'en demandait pas tant!

— Radisson! C'est un nom lourd à porter!

— Pourquoi? Oh, bien sûr, à cause de l'explorateur! Je crois que c'est une coïncidence. On hérite d'un nom, c'est tout.

Ils étaient arrivés près de la cabane. Brigitte franchit la porte. Elle avait l'intention de prendre deux chaises pour s'installer dehors et manger les frites.

Tout à coup, son visage se rembrunit.

— Quelqu'un est venu ici! On a bougé la commode. Ça doit être Galipeau! Ou ces deux types qui rôdent autour!

Elle semblait vraiment exaspérée. Cette cabane était à elle! Personne n'avait le droit d'y entrer!

— Non, c'est moi, dit Daniel. Je croyais que c'était abandonné. Comme je suis curieux...

Comment lui en vouloir? Ils sortirent les chaises face au lac et commencèrent à manger. Brigitte raconta l'histoire du lac, le décès du vieux Shannon, sa dette envers Edmond Galipeau, la dispute concernant la propriété.

— Je sais bien que je n'ai pas de chance, avoua-t-elle. Il n'y a pas de testament, mais tout le monde au village était au courant de l'entente entre grand-père et Edmond. Je n'abandonnerai pas aussi facilement! Pour moi, la promesse de mon grand-père, c'est aussi solide que ce rocher.

100

En montrant la grande masse qui surplombait le lac, elle aperçut deux hommes qui se dirigeaient de leur côté.

— Quand je suis venu, dit Daniel, j'ai trouvé une vieille serviette derrière la commode. Il y avait des papiers dedans.

— Des papiers? Quels papiers?

— Des factures, des choses comme ça. Je te rendrai tout ça, puisque c'est à toi.

André Gauvin et Robert Leblanc s'arrêtèrent en atteignant la clairière.

— C'est eux, les gens dont tu parlais? demanda Daniel.

— Oui. Ils disent qu'ils étudient des oiseaux ou des castors. Ou qu'ils veulent tourner un film. Des histoires à dormir debout. Ça m'a l'air louche...

— Je les ai déjà vus. Ils passent la soirée ici. Chaque jour. Mais ils n'ont pas l'air d'étudier quoi que ce soit. Ils surveillent le lac, c'est tout. Et ils attendent en fumant et en buvant une bière.

Les deux hommes s'approchèrent.

— Il est temps de rentrer, les amoureux, dit André, le plus vieux.

— Nous rentrerons quand nous en aurons envie, déclara Brigitte, irritée.

Ça lui faisait plaisir de se faire appeler «les amoureux», mais elle se disait surtout que ça ne regardait personne.

— Le soir, c'est dangereux, la forêt, ajouta Robert.

Il leur adressa un regard lourd, menaçant. Son compagnon sourit.

— On ne veut pas vous faire peur, les enfants. Mais la nuit va bientôt tomber et Robert est plutôt mauvais chasseur. Un accident est vite arrivé.

— Il est trop tôt pour chasser, dit Brigitte, froidement. Et vous êtes censés étudier les oiseaux et les castors, pas le gibier.

Robert Leblanc soutint son regard, l'œil narquois. Quelle belle fille quand même! Si André et ce garçon n'avaient pas été là, il n'en aurait fait qu'une bouchée. Mais elle ne perdait rien pour attendre!

— On te dit de fiche le camp, t'as compris? grogna-t-il.

Daniel se leva. Ces gens ne lui plaisaient pas du tout. Et il n'aimait pas la façon dont ils s'adressaient à Brigitte.

— Toi, le jeune, reste tranquille, dit Robert en serrant les poings.

Le garçon, très calme, se tourna vers Brigitte.

— Qu'est-ce qu'on fait?

— On ne fait rien, dit André, lentement. Excusez mon ami: il est un peu impulsif. C'est que vous risquez de déranger nos observations. Nous avons payé pour être tranquilles. Alors, ce serait gentil de nous laisser la place, juste quelques jours.

Il fit signe à Robert et ils s'éloignèrent.

18

APPEL AU SECOURS

Daniel rentra au GÉSOVNI plus troublé qu'il n'en était sorti. Quand il allait chercher ses frites, il s'attendait tout au plus à savourer la joie de regarder pendant vingt minutes cette jeune fille qui lui plaisait tellement. Il avait passé trois bonnes heures avec elle et il avait l'impression que ce n'était qu'un début! Même s'ils ne s'étaient pas fixé rendez-vous, il avait bien senti que sa compagnie ne déplaisait certainement pas à Brigitte.

Est-ce que c'était cela, l'amour? Au fond, il ne se posait pas la question. Il se sentait heureux. Tout ce qu'il y avait de vivant sur la terre vibrait en lui. Quelle belle planète! Ils avaient bien choisi, ceux qui avaient décidé de tenter la chance et d'y prendre racine.

Les ombres grises ne manquaient pourtant pas sur le tableau de son bonheur. Dans l'immédiat, il y avait ces gens déplaisants qui les avaient menacés. Mais ils avaient dit eux-mêmes qu'ils ne s'attarderaient pas plus de quelques jours dans la région. Il y avait la question du maire Galipeau. Même si ça ne le regardait pas et s'il ne savait pas comment s'y prendre, il aurait bien aimé aider la jeune fille. Il y avait surtout le grand problème de l'avenir. Il venait de faire les premiers pas dans une aventure unique, sans précédents. Même s'il l'avait désirée, il sentait un petit nœud dans la gorge au moment de s'y engager.

Il poussa la porte. Le tableau n'avait rien de réconfortant. Helga était effondrée dans le fauteuil du salon. À côté d'elle, Keiko ne paraissait pas en meilleur état. Même Nicolas semblait abattu.

— Ça ne va pas? demanda Daniel, soucieux.

— Non, vraiment pas, dit Nicolas. Et pourtant, tout est normal. Nous avons refait trois fois les analyses, sans rien trouver. Sauf ces petites oscillations...

— Dans ce cas-là, il faut appeler au secours. C'est dans les instructions.

— En cas d'extrême urgence uniquement.

— Mais regarde-les! C'est d'une extrême urgence!

Nicolas hocha la tête. Responsable principal, il aurait préféré régler sur place les problèmes du groupe. Pourtant Daniel avait raison. Il ne s'agissait plus d'une difficulté mais d'une crise.

Il s'installa devant l'ordinateur, brancha l'appareil de communication et signala le code de la centrale.

L'écran tourna au vert. La communication ne devait pas dépasser quelques secondes. Nicolas tapa rapidement: «AFFAIBLISSEMENT GÉNÉRAL EWT. AUCUNE RAISON APPARENTE. ANALYSES DIRECTES NULLES, COMPARAISONS RÉTROACTIVES INSTABLES.»

EWT, c'était Ergoutchov, Welde et Takada. Il contempla l'écran. Il lut: «R?»

Il s'agissait de Radisson. Il répondit: «R EXCELLENT. SUGGÉRONS RADIATIONS DE STABILISATION POUR EWT.»

Il attendit. La réponse apparut: «PRÉMATURÉ, MAIS PRENONS MESURES

APPROPRIÉES. EN ATTENDANT, RÉ-
GIME ALIMENTAIRE STRICT AVEC DO-
SES TRIPLES.»

Nicolas ferma l'appareil.

Il ne pouvait pas savoir que la Sûreté du Québec venait d'intercepter cette brève communication. Les experts qui sur-veillaient le modem confirmèrent rapide-ment que le GÉSOVNI de Saint-Clément-du-Lac venait d'entrer en contact avec un récepteur installé à Minneapolis, enregistré sous le nom de UFOMC, Unidentified Flying Objects Monitoring Center. On consulta aussitôt l'Interpol et le FBI. Le UFOMC ne figurait pas sur leurs dossiers, mais ils pro-mirent d'effectuer sans tarder une enquête préliminaire.

En même temps, les spécialistes en dé-codage se mirent au travail. Ils eurent beau retourner les messages dans tous les sens, ils n'en tirèrent rien de plus que ce qu'ils di-saient.

— Il s'agit de mots clés dont eux seuls connaissent le sens, en conclut Marie-Thérèse Gordini. Qu'on redouble la sur-veillance, jour et nuit, dès maintenant.

Le rapport de la patrouille policière n'éclaira pas beaucoup le dossier. Le vieux barbu et le garçon étaient sortis pendant la nuit et avaient arrosé le jardin à la main pendant une heure. Que peut-on faire avec de tels renseignements?

— Amusez-vous, mes agneaux, murmura-t-elle. Je vous attends au détour. Et rira bien qui rira le dernier!

19

UN LAC PLEIN
D'AVENIR

Brigitte avait bien envie de revoir Daniel. Ils avaient passé un si bel après-midi! Elle décida d'attendre quelques jours. Pas par coquetterie ni pour se faire désirer; ces jeux n'étaient pas dans sa nature. Elle voulait savourer davantage ses souvenirs, avant d'en ajouter d'autres.

Elle appela Edmond Galipeau.

— Ça me fait toujours plaisir de te voir, Brigitte! Tu commences à travailler à midi? Viens donc à la quincaillerie vers onze heures.

Il la reçut dans son petit bureau, au fond du magasin. Trois commis s'occupaient des clients et il pouvait facilement consacrer quelque temps à la jeune fille. Non seulement il l'aimait bien, mais il éprouvait un vague sentiment de culpabilité dont il ne parvenait pas à se départir. Ah, s'ils pouvaient s'entendre gentiment sur la question du lac!

Après quelques politesses, il choisit de prendre les devants.

— Alors, tu as réfléchi à ma dernière proposition? C'est tout un cadeau, n'est-ce pas? Trois grands acres, avec la cabane; tu pourras un jour construire une maison. Et cinquante mètres de front de lac!

Elle le dévisagea sans la moindre réaction.

— Bon, dit-il. Je vais faire un gros effort! On arrangera le lotissement pour te laisser quatre-vingt, peut-être cent mètres sur le lac, en comptant le rocher. C'est énorme, tu sais!

— Pas vraiment, quand on a droit au lac entier.

Dans son métier, Galipeau faisait souvent affaire à des gens d'affaires difficiles. Il prit son air le plus engageant.

— Jamais tu ne recevras une offre pareille, je t'assure. D'autant plus que je fais ça en souvenir de ton grand-père, qui était un très bon ami.

Brigitte n'avait jamais rien négocié d'important dans sa vie. Mais elle savait distinguer une bonne entente et une affaire où on se fait rouler.

— Moi aussi, je veux te faire une proposition parce que grand-père t'estimait beaucoup. Je veux racheter le lac. Même s'il m'appartient, puisque grand-père voulait me le donner. Je t'offre trente mille dollars. C'est ce que grand-père te devait.

Il ferma les yeux en secouant la tête.

— Je te le paierai dès que je commencerai à gagner de l'argent, promit-elle. Ça prendra quelques années, bien sûr, mais tu peux avoir confiance en moi.

— Mais sois réaliste, Brigitte! J'ai eu le lac pour trente mille, d'accord. Mais il vaut quelques millions! C'est un lac plein d'avenir! Dès qu'on commencera à vendre les lots, à construire!...

— On ne construira rien! Il doit rester sauvage, naturel. C'est comme ça qu'il est beau!

— Moi aussi, je l'aime ainsi. Mais on n'arrête pas le progrès! À cette distance de

Montréal, ce serait un crime de ne pas en profiter davantage.

Il connaissait assez Brigitte pour savoir qu'il ne la convaincrait pas sur-le-champ. Mais, avec le temps, elle finirait bien par réfléchir et par admettre qu'il avait raison.

— Je suis sûr que nous finirons par nous entendre! Inutile de se presser. En attendant... Tu es au courant de ces histoires, les soucoupes volantes, les drôles de bêtes...

— Il y a des gens qui en parlent, oui.

Il sortit une feuille de papier remplie de signatures.

— Je suis en train de dresser une liste de témoins. Ça me ferait grand plaisir si tu signait ici.

— Mais je n'ai rien vu, moi! dit-elle.

— D'accord, mais tu connais des gens très fiables qui ont bien remarqué des choses étranges. Alors, c'est la même chose. Un nom de plus, ça me fait une plus belle liste! C'est plus scientifique, tu comprends. Tous mes amis ont signé. Le GÉSOVNI pourra mener son enquête.

Elle ne put s'empêcher de rire.

— S'ils savaient comment tu établis ta liste, ils seraient surpris!

Un des commis frappa à la porte et annonça des visiteurs. Galipeau n'attendait personne. Une femme et un homme, assez

112

jeunes, entrèrent carrément dans le bureau. Elle semblait décidée, sûre d'elle. Le grand blond aux cheveux bouclés impressionnait favorablement.

— Excusez-nous de vous déranger. Je m'appelle Rosalie Lemieux. Voici Gilbert Coutu, un ami.

— Enchanté.

Il ne pouvait pas savoir qu'il s'agissait d'Émilie Desroseaux et de Gilles Hamelin. Et puis, cela n'aurait fait aucune différence.

— On nous a dit que le lac Shannon était à vous.

Galipeau fit signe à Brigitte de se taire. Ils n'allaient pas raconter leur dispute à tout le monde!

— Je m'en occupe, en effet.

— Nous aimerions y passer la journée du 17. Nous arriverons l'après-midi et nous repartirons au cours de la soirée. Nous avons cru bon de vous demander la permission parce que nous ne voudrions pas être dérangés ni passer pour des intrus. Nous vous offrons deux cents dollars pour le dérangement.

Elle posa quatre billets de cinquante dollars sur la table. Galipeau n'en revenait pas.

— Vous étudiez les oiseaux ou les castors? demanda Brigitte, du ton le plus naturel du monde.

— Je ne comprends pas... dit Émilie, étonnée. Nous sommes photographes. Nous voulons prendre des photos de la nature, en plein soleil et au couchant. C'est quoi, cette histoire d'oiseaux et de castors?

— Ce n'est rien... Rien du tout... lança Galipeau, qui craignait de voir les billets s'envoler.

— Il y a déjà deux types qui étudient le lac, expliqua Brigitte. Des ornithologues recyclés dans le castor, et qui ont en plus un projet de film.

Le visage d'Émilie se raidit autant que celui de Gilles. Ce qui ne l'empêcha pas de sourire.

— C'est intéressant, dit-elle. Ils sont là depuis longtemps?

Galipeau jugea bon de reprendre le contrôle de la conversation.

— Une semaine environ. Je leur ai donné la permission.

Il regarda les billets de banque. D'un geste décidé, il les empocha.

— C'est d'accord! Vous êtes les bienvenus! Vous pourrez passer la journée à prendre autant de photos que vous voulez!

— Mais ces deux types... Vous ne pourriez pas leur dire que vous avez besoin du lac, ce jour-là?

— Je suis sûr que vous saurez vous arranger avec eux. Il suffira de leur dire de ne pas se mettre devant vos caméras.

Après le départ du couple, Galipeau prit les billets dans ses mains. Il réfléchit et en donna un à Brigitte.

— Mais oui, partageons. Parce qu'ils voudront sans doute photographier la cabane. C'est tellement pittoresque! Je te le disais, c'est un lac plein d'avenir. Et ça ne fait que commencer!

20

UNE BONNE
RÉCOLTE

Rolande Galipeau et son amie Diane Mongeau, née Diane Shannon, s'arrêtèrent devant le jardin. C'était extraordinaire!

— Je suis passée la semaine dernière, et ils étaient gros comme ça!

«Comme ça», voulait dire deux centimètres, car il s'agissait des concombres.

— Et encore hier, les tomates étaient comme ça.

«Comme ça» signifiait alors juste un bourgeon.

— Et as-tu vu les oignons? Ils ont poussé de ça.

Ce qui équivalait à vingt centimètres de plus.

— Moi, je n'ai jamais vu ça!

La porte arrière de la maison blanche s'ouvrit. Nicolas Ergoutchov se dirigea vers les plates-bandes et se mit à déterrer des carottes, des oignons, quelques pommes de terre. Il cueillit aussi plusieurs tomates déjà rouges et une courge bien dodue.

Son panier déjà plein, il s'apprêtait à rentrer.

— Excusez-nous, monsieur, mais...

Il se retourna.

— Nous admirions votre jardin.

— Toutes nos félicitations!

— Merci, merci.

Les deux femmes se consultèrent. Nullement timides, elles avaient l'habitude de parler avec leurs voisins et voisines. De plus, Diane Mongeau se sentait toujours un peu propriétaire de la maison et Rolande Galipeau était après tout la mairesse de Saint-Clément-du-Lac.

— Nous ne voulons pas déranger...

— Vous ne dérangez pas du tout, dit Nicolas.

Des instructions lui dictaient de se montrer toujours sociable et de chercher à s'intégrer à la vie du village.

— Votre jardin... il est très étonnant, vous savez!

— Vraiment? La terre est très bonne.

— Je sais. Mais vos légumes ne suivent pas les saisons.

— Et ils poussent beaucoup plus vite qu'ailleurs.

— C'est la terre, répéta Nicolas. Et le soleil.

Rolande et Diane s'approchèrent en baissant la voix.

— La terre et le soleil sont comme l'an dernier et comme toujours, et comme partout! Vos légumes... Est-ce que vous utilisez des engrais... extraterrestres?

— Vraiment, je ne comprends pas...

En voyant son visage, n'importe quel juge se serait porté garant de son honnêteté fondamentale.

— On nous a dit que vous arrosiez les plantes durant la nuit.

— Et que, des fois, vous leur faisiez des injections.

Nicolas retourna à ses plants. Il cueillit deux tomates et les offrit aux visiteuses. Elles se consultèrent et y mirent la dent.

— Elles sont vraiment très bonnes!

— Et elles goûtent comme de vraies tomates!

— Ce sont de vraies tomates, affirma
Nicolas. J'arrose la nuit parce que je suis
trop occupé pendant la journée. Quant aux
injections, eh bien, c'est contre les maladies
des plantes. Nous faisons des expériences...
C'est de l'eau avec des produits minéraux...
qui peuvent favoriser la croissance, mais
l'essentiel, c'est toujours la bonne terre et les
heures de soleil.

— Eh bien, dit Diane Mongeau, vous
avez vraiment la meilleure récolte du village!

Rolande Galipeau s'approcha tellement
du visage de Nicolas que celui-ci recula, par
politesse.

— Dites-moi, monsieur...

— Nicolas. Nicolas Ergoutchov.

— Les extraterrestres, est-ce que vous y
croyez?

Nicolas fronça les sourcils.

— Je ne dis pas oui, mais je ne dis pas
non. Je n'en ai jamais vu. Mais je crois qu'il
faut écouter ceux qui pensent en avoir rencontré. Tout en gardant une attitude ra-
tionnelle!

— Mon mari dit qu'il a vu des soucoupes
volantes. Vous pensez que c'est sérieux?

— Ce n'est pas impossible. Il nous faut
des témoins en nombre suffisant et des récits

119

cohérents, fiables! C'est ce qui manque le plus. Quant aux légumes... Vous avez raison, c'est une belle récolte!

21

LES EXTRATERRESTRES, LE BONHEUR ET UN CHÈQUE

Brigitte n'avait pas envie d'attendre la prochaine visite de Daniel à LA PATATE DORÉE. Il serait tellement agréable de le voir tout de suite! Et puis, sa mère lui avait parlé des légumes qui poussaient à l'accéléré et ça excitait sa curiosité.

Le garçon avait pris beaucoup d'importance dans son cœur. Elle y pensait toujours. Cela ne lui était pas encore arrivé. Des amis, des camarades, elle en avait beaucoup en plus des cousins et cousines, de sa sœur, de son frère, de ses parents. Et elle les aimait tous. Mais ils étaient dans sa vie quotidienne comme des ombres, des fantômes, un décor auquel on tient par habitude. Daniel, c'était différent. Il était présent en elle. Il stimulait des rêves. Il faisait battre son cœur.

Elle commença par jeter un coup d'œil sur le jardin. Sa mère avait raison, c'était un beau succès. Comme elle ne s'était jamais intéressée à l'horticulture, elle n'y voyait rien de magique. Ces gens prenaient soin des plantes et savaient s'en occuper, voilà tout.

Elle frappa deux coups et poussa la porte, toujours ouverte. Daniel lisait un livre dans le salon. Ses yeux brillèrent quand il la vit entrer.

— Comme c'est gentil d'être venue!

— Je pensais à toi, dit-elle, simplement.

— Moi aussi, je pense à toi.

— Souvent?

Il hocha la tête en souriant. Brigitte se dit qu'il ne réagissait pas vraiment comme les garçons de son âge. Ni timide ni fanfaron, il y avait en lui une sorte de calme, de maturité qu'elle trouvait bien agréables. Et cela ne diminuait en rien sa fraîcheur, sa gaucherie et les vagues incertitudes de l'adolescence.

Elle remarqua le grand silence de la maison.

— Il n'y a personne?

— Ils sont tous allés se coucher. Mais ça ne fait rien. D'en haut, ils ne nous entendent pas. On ne risque pas de les réveiller. Dis, aimerais-tu... Oh, je crois que je n'ai que du thé.

— Un thé froid, ce serait splendide!

Il revint avec deux grands gobelets. Brigitte ne savait trop quoi lui dire, et il ne semblait pas naturellement loquace. Pourtant, il n'y avait aucune gêne entre eux. D'être ensemble leur suffisait.

Finalement, elle le regarda dans les yeux.

— J'aimerais tellement travailler ici, tu sais! Participer à vos recherches. J'ai toujours été une très bonne élève. J'apprends vite. Je saurais me rendre utile.

— Tu ne convaincras jamais Nicolas. Il a décidé que nous étions au complet et qu'on ne peut ajouter personne à l'équipe. Pas pour l'instant du moins. Dans quelques mois, la situation pourrait changer. Maintenant, c'est impossible.

— C'est dommage, dit-elle.

Même si elle essayait de faire bonne figure, on lisait tant de déception sur son visage!

— Ça t'intéresse tellement?

— C'est un monde fascinant! s'exclama-t-elle. Je lis beaucoup de science-fiction. Pour les histoires, bien sûr. Mais il y a davantage. Penser à des extraterrestres me permet de nous regarder de loin. Non, ce n'est pas ça. Ça m'aide à poser un regard neuf sur tout. Je me mets à la place des gens d'un autre monde. Qu'est-ce qu'ils doivent penser? Que bien des choses, ici, sont très étranges, souvent insignifiantes, parfois belles, remarquables, exaltantes!

Elle en tout cas, Daniel la trouvait belle, remarquable, exaltante.

— Et tu y crois? demanda-t-il.

— Ce n'est pas nécessaire. C'est l'idée qui compte. Imaginer des extraterrestres, c'est repartir à zéro dans la découverte du monde. Tu comprends? On voit plus clair. On distingue ce qui compte de ce qui est insignifiant.

Daniel l'écoutait attentivement, avec beaucoup d'affection. Elle semblait tellement enthousiaste!

— On n'a jamais vu d'extraterrestres, remarqua-t-il. Au GÉSOVNI, nous essayons d'examiner ces choses objectivement. On a beau chercher, on ne trouve que des indices flous, des rêves, des histoires fabriquées de toutes pièces, même quand les gens sont de bonne foi. Mais, dis-moi, quand tu imagines des extraterrestres, comment les vois-tu?

— Comme nous. Des fois verts, ou avec des ailes, ou la peau couverte d'écailles. Ça dépend des histoires. Même quand on les imagine comme des robots, ils nous ressemblent.

Le regard soudain de Daniel la fit sursauter. C'était comme s'il la fouillait, comme s'il la pénétrait.

— Et s'ils étaient très différents? S'ils étaient... je ne sais pas... tiens, comme des chats.

— Ça ne m'étonnerait pas! dit-elle.

Ils éclatèrent de rire. Brigitte songea que rire avec Daniel, c'était du bonheur à l'état pur. Le garçon la dévisagea encore, insistant, presque grave.

— Mais s'ils étaient vraiment rébarbatifs, inimaginables... comme des limaces, par exemple. Des mollusques gigantesques. Des insectes rampants. Quelque chose de tout à fait différent des humains?

Elle réfléchit. Parfois, on les représentait ainsi pour faire rire ou pour faire peur. Des monstres horribles, fétides, cruels. Des êtres sanguinaires lancés à la conquête du monde.

— Je crois que ça ne ferait rien, dit-elle. Il faut être très généreux envers ceux qui ne nous ressemblent pas. Évidemment, s'ils étaient hostiles, on devrait les combattre. Mais s'ils étaient bons et intelligents, sans une forme laide et grotesque, je crois que nous pourrions nous comprendre.

— Ils trouveraient très réconfortant de tomber sur quelqu'un comme toi, s'ils visitaient la Terre.

Il y avait tellement d'intensité dans son visage! Brigitte sentit une belle musique bourdonner dans son cœur.

— C'est que nous aurions quelque chose en commun, expliqua-t-elle. Je ne sais pas comment dire... On s'entendrait sur les fondements de la vie. C'est ça. Une culture ancrée dans la vie. La forme devient une chose mineure quand on partage l'amour de la vie. Ils pourraient être en métal, en silicone, en protoplasme... L'essentiel serait de pouvoir communiquer, d'une façon ou d'une autre.

Elle s'arrêta comme si elle venait de retomber sur terre. Elle avait fini son thé.

— Maintenant, je dois aller travailler. C'est très agréable de bavarder avec toi, tu sais.

Elle n'osait pas lui dire que les quelques heures avec lui, étaient du soleil, de l'air pur, le plus beau moment de la journée.

Elle se leva. Tout à coup, elle se rappela quelque chose.

— La serviette que tu as trouvée dans la cabane...

— Oui, c'est vrai.

Dans la pièce qui servait de bureau, Daniel fouilla un peu parmi les dossiers, les classeurs.

— Je ne sais pas où Nicolas l'a mise...

Brigitte jeta un coup d'œil sur l'ordinateur. Tiens, pourquoi ces fours à micro-ondes? Non, à y regarder de près, il s'agissait d'appareils électroniques.

— Ça sert à quoi?

— À analyser la structure, la composition, la nature des objets. Des fois, on nous apporte des objets qu'on croit d'origine extraterrestre. Jusqu'à présent, il s'est toujours agi de choses bien terrestres. Comme je te disais, nous sommes très méthodiques.

Elle remarqua quelques objets insolites. Des cheveux, des éprouvettes remplies d'échantillons. Un chèque.

Et son cœur fit un grand bond.

— Et ça?

— Euh... Tiens, ça se trouvait dans la serviette. Nicolas a dû vouloir l'étudier de près. Sans doute pour découvrir à qui il appartenait.

Brigitte prit le chèque et le regarda des deux côtés.

— Le salaud! s'écria-t-elle.

Surpris, Daniel écarquilla les yeux.

— Non, pas Nicolas, précisa-t-elle. Mais... C'est très important, tu sais. As-tu une photocopieuse?

— Oui. Là.

— Peux-tu m'en faire une copie? Des deux côtés, s'il te plaît. Merci. Et garde le chèque dans un endroit sûr pour qu'il ne se perde pas! Et puis, quand tu verras Nicolas... J'aimerais beaucoup voir tout ce que contenait la serviette. C'était à mon grand-père, tu comprends?

— Tu peux compter sur moi.

22

LA RIGUEUR
SCIENTIFIQUE

Après le départ de Brigitte, Daniel se
mit à réfléchir, à se rappeler leur conversation, à réfléchir encore. Quel hasard magnifique d'avoir rencontré une fille pareille!
Quelle belle attitude face à la vie!

Mais non, il devait se méfier. On ne peut
pas prendre la plupart des affirmations des
gens au pied de la lettre. La meilleure bonne
volonté du monde s'effondre souvent quand

on se trouve face à la réalité, face à des décisions, des engagements, des difficultés inattendues. Il avait lu et il lisait encore beaucoup de romans pour se faire une idée sur les mœurs des gens, comment ils pensent, comment ils réagissent, comment ils se démènent dans leur réalité quotidienne. Il regardait des films. Il étudiait des livres de psychologie, de sociologie. Il avait peu vécu, il était vraiment jeune, mais connaissait bien des choses.

Nicolas avait toutefois raison; il fallait être prudent. Ce n'était pas facile, car son cœur palpitait très fort quand il pensait à Brigitte, et encore plus quand il la voyait. Trop d'événements malheureux prouvaient l'hostilité instinctive des gens à l'endroit des étrangers. L'acceptation généreuse de la différence était une qualité bien rare.

Keiko descendit. Elle avait faim. C'était bon signe. Helga et Nicolas les rejoignirent bientôt. Ils manquaient d'appétit, mais ils savaient qu'ils devaient se nourrir.

Daniel, toujours le seul en bonne santé, préparait les légumes. Il fallait en prendre sous trois formes: crus, blanchis dans l'eau bouillante ou grillés. Leur croissance rapide, activée par des engrais synthétiques mais très purs, renforçait leurs qualités nutritives. Ils absorbaient ainsi des vitamines naturelles, des protéines, des calories, en doses massives mais supportables.

Ils en furent ragaillardis pendant quelques heures. Daniel en profita pour examiner le contenu de la serviette que Nicolas lui avait confiée. Il ne comprenait pas le sens de tous les documents, des factures, du livret de banque, des feuilles manuscrites dont il déchiffrait mal l'écriture, mais il savait que Brigitte serait ravie de rentrer en possession des derniers dossiers de son grand-père.

Le soir, Keiko, Nicolas et Helga eurent une rechute. Ils mangèrent d'autres légumes pour se remonter. De toute évidence, leur régime ne leur apportait qu'un soulagement temporaire.

Ils s'apprêtaient à se coucher lorsque le maire Galipeau se présenta. Comme il était à peine huit heures, il ne croyait pas déranger. Malgré son mal de tête, Nicolas le reçut, aussi affable que possible.

— Vous prendrez bien un café, un thé?...

— Non, ce n'est pas la peine, monsieur...

— Ergoutchov.

— Oui, monsieur Ergoutchov. Je ne fais que passer. Euh... Voici, je vous apporte une liste.

Nicolas y jeta un coup d'œil rapide et la passa à Daniel.

— Qu'en dis-tu? Il faut que tu apprennes à prendre des dossiers en mains. Alors?

— C'est très intéressant, dit Daniel. Trente-deux témoins.

Galipeau afficha un air victorieux.

— Trente-deux témoins, oui! Treize affirment avoir vu des soucoupes volantes. Ils ont signé! Onze personnes ont aperçu des animaux étranges, sans forme, grisâtres. Et huit autres ont remarqué des luminosités inexplicables dans le lac Shannon.

— Eh bien, Daniel? demanda Nicolas.

Le garçon réfléchit. Galipeau attendait, anxieux comme s'il passait un examen.

— Ça fait beaucoup de coïncidences, en effet. Chacun est prêt à faire une déclaration individuelle?

— Garanti! affirma le maire. Je crois qu'il ne faut pas hésiter. Il faut prendre les grands moyens, installer des postes d'observation, placer des sondes sous l'eau, amener des hommes-grenouilles, un sous-marin! Nous tenons peut-être un cousin du monstre du Loch Ness!

— Pourtant, dit Daniel en se tournant vers Nicolas, trente-deux témoins, c'est à peine deux pour cent...

— Bravo! s'écria Ergoutchov. C'est exactement ça!

132

— Deux pour cent, répéta Daniel, ce n'est pas suffisant. On nous rirait au nez!

Galipeau ne comprenait rien à ces propos. Il regarda le vieil homme, il regarda le garçon et se gratta le crâne.

— J'ai trente-deux témoins, répéta-t-il. C'est quoi, ce deux pour cent?

— Nous devons toujours nous montrer doublement sceptiques, expliqua Ergoutchov. La crédibilité du GÉSOVNI dépend de notre rigueur scientifique. Avant de nous lancer tête première dans une étude, nous devons passer les événements au crible. Et la première étape est d'en déterminer l'origine et la consistance.

— Je veux bien, mais... J'avoue que je ne vous suis pas.

Avec beaucoup d'égards, Daniel remit le papier au maire.

— Saint-Clément-du-Lac a mille quatre cents habitants, n'est-ce pas?

— Oui, c'est bien ça.

— Trente-deux témoins, c'est à peine deux pour cent. Par catégorie, vous n'atteignez même pas un pour cent. Et encore, vous avez additionné des témoignages d'événements différents!

Daniel jeta la liste sur la table, comme on envoie un vieux papier à la poubelle.

Nicolas regarda Galipeau droit dans les yeux, avec un air de professeur.

— Il faut atteindre le seuil de cinq pour cent pour obtenir un échantillonnage valable. C'est-à-dire, soixante-dix témoins par phénomène. J'espère que vous pourrez nous aider à les obtenir, monsieur le maire! Nous pourrions enfin nous pencher sérieusement sur ce dossier qui semble très prometteur.

23

UN RENDEZ-VOUS
QUI TOURNE MAL

Brigitte vivait un roman, même deux à la fois ; l'un était aussi mouvementé que l'autre. Avec Daniel, son cœur dansait au rythme de ses rêves, entre deux bonds et trois voltiges, selon l'idée qu'elle se faisait de l'avenir et du présent. Elle envisageait une belle histoire d'amour à partir de presque rien, elle la déroulait dans un monde d'impressions et de désirs romanesques et s'en grisait jusqu'au vertige.

L'autre roman, celui du lac Shannon, venait de connaître une série de rebondissements. L'essentiel était ce qu'elle avait appris d'une cousine pour qui les devoirs familiaux l'emportaient sur l'éthique professionnelle stricte et pure. Sa cousine travaillait à la banque du village et avait bien voulu jeter un coup d'œil sur les dossiers.

Le chèque avait bel et bien été encaissé!

À midi, Daniel était venu manger des frites à LA PATATE DORÉE. Ils n'avaient pas vraiment pu bavarder à cause des nombreux clients, mais ils avaient convenu de se retrouver à sept heures du soir au sommet du rocher du lac Shannon pour y admirer le couchant.

Elle avait tellement de choses à lui dire! Et comme tout serait encore plus doux s'il devinait de lui-même les milliers de belles choses qu'elle éprouvait! Ce serait encore plus merveilleux s'il partageait les mêmes sentiments!

Vite, vite! Tout énervée, elle s'efforça de conduire prudemment. Il n'était pas question d'avoir un accident! Son père lui avait fait cadeau de la voiture, mais elle payait les assurances. Dès l'automne, elle en aurait besoin pour se rendre au cégep. Elle stationna près de la route et se dirigea vers la cabane de son grand-père. C'était la façon la plus simple de gagner le sentier qui menait au sommet du rocher.

Elle avait toujours aimé son grand-père, le vieux Shannon, l'ermite si peu sociable qui ne supportait qu'une poignée de gens du village. Dont Edmond Galipeau, à qui il avait enseigné tous les mystères de la chasse, de la pêche, de la trappe. Galipeau qui avait effrontément abusé de leur amitié.

C'était tellement scandaleux qu'elle avait choisi de se retenir, de n'en parler à personne, d'attendre d'avoir en mains tous les détails et toutes les preuves. Et puis, elle voulait voir les autres documents que son grand-père avait mis de côté.

Elle contempla la vieille cabane. Elle avait tout fouillé et n'aurait jamais pu déplacer la grosse commode. Son grand-père non plus d'ailleurs. Il devait glisser tout simplement la serviette derrière le meuble.

Ce chèque, quel miracle de l'avoir retrouvé! Et pourtant, Daniel lui semblait encore plus important que ce papier. Il était vivant, lui! C'était un vrai garçon en chair et en os, avec un regard qui la faisait frémir, des façons d'être qui l'attendrissaient, un visage qui la faisait trembler de joie.

Il était peut-être déjà là-haut, au sommet du rocher! À quoi ressemblerait leur premier baiser? Et s'il ne l'aimait pas vraiment? Non, c'était impossible. Surtout, ne pas soulever de telles questions. Aller droit devant soi sur le chemin du bonheur, et on verra ce qui arrivera.

Elle s'engageait dans le sentier quand un bras s'abattit sur son épaule. Une main lui serra le bras jusqu'à lui faire pousser un cri.

— Pas un bruit, chuchota-t-on. Pas un bruit, pas un geste.

Elle se retourna. C'était le plus jeune des deux hommes, le plus dur, le faux ornithologue-cinéaste recyclé dans le castor. Il portait un sac à l'épaule. Son compagnon, immobile, avait un regard cruel.

— Laissez-moi! cria-t-elle.

— Silence! On t'a dit qu'on ne voulait voir personne.

Elle se rappela qu'on était le 17. Elle n'y avait plus pensé. Mais ceux qui devaient être là le 17, c'était le couple de photographes.

— C'est bien dommage, dit le plus vieux, André Gauvin. Tu aurais dû rester chez toi à regarder la télévision.

— Ce que je fais ne vous regarde pas!

— Chut!

Gauvin sortit un revolver et le lui passa sous la gorge. Robert Leblanc la prit par le poignet et l'entraîna près des arbres qui poussaient au bas du rocher: des épinettes, plusieurs peupliers, quelques bouleaux.

Sèchement, la main sur son épaule, il la força à s'asseoir.

Brigitte n'avait jamais vu un pistolet de près. Elle avait de la peine à y croire, même si l'homme le lui braquait maintenant sur le visage.

— Bye bye, la petite, murmura-t-il.

C'était impossible! Et il souriait, en plus! Comment s'arracher à ce cauchemar?

— Attends, dit Robert. On n'est pas pressés.

Il s'approcha. Brigitte serra les dents en sentant cette main qui se promenait sur sa poitrine.

— Pourquoi en finir aussi vite? demanda Robert.

Brigitte se raidit. Ce regard gourmand, ces caresses qui la crispaient... Comment se défendre?

On entendit un bruit. C'était un moteur. Un camion.

— Écoute, on n'a vraiment pas le temps... dit André.

— On verra bien, décida Robert. Moi, elle me plaît. Je crois qu'elle sera aussi bonne que ses frites!

Il ouvrit le sac, dans lequel il avait apporté des vêtements de femme et en tira une corde de nylon. Il ligota les poignets de la jeune fille sur le dos, avec un nœud très serré qui faisait mal. Ensuite, il prit le restant de la corde pour la lui passer autour du cou, la nuque appuyée sur le tronc de l'arbre. Brigitte avait de la peine à respirer.

— Si tu essaies de te débattre, tu t'étrangleras. Dans dix minutes, je m'occuperai de toi...

Il tendit l'oreille. Le bruit du moteur se rapprochait.

— Viens, André, dit-il. Allons voir ça de plus près.

Sans attendre, il fit quelques pas en direction de la route.

André se pencha sur la jeune fille.

— C'est une brute, tu sais.

Avec cette corde autour du cou, Brigitte ne pouvait pas parler.

— Moi, j'ai une fille de ton âge. Je ne supporterais pas que Robert te fasse quoi que ce soit. Alors, tu n'as rien à craindre.

Il la regarda droit dans les yeux, avec son petit sourire.

Et ce sourire glacial était encore plus inquiétant que l'expression hideusement gloutonne de Robert.

Brigitte ferma les yeux. Comment croire à ce qui lui arrivait était vrai? Ah, si au moins Daniel pouvait la voir et courir chercher de l'aide!

24

C'EST PARFAIT, ON NOUS TIRE DESSUS

Enfin, un peu d'action! Marie-Thérèse Gordini appréciait vivement ces instants malheureusement trop rares dans son métier.

On était le 17. Les services américains avaient été impeccables en dépit des quelques lacunes dont l'ignorance du point d'origine de la drogue. Mais ils étaient parfaitement au courant des détails de la livraison. Le point de débarquement, c'était bien le lac Shannon. Au couchant, vers huit heures. On avait appris que le destinataire était Luc Tremblay. Dommage. Même si on le soupçonnait, rien ne prouvait que Tremblay travaillait pour Haddad. Encore une fois, on ne prendrait qu'un petit poisson.

Le temps pressait. Il avait fallu se décider à foncer. Le groupe de Tremblay faisait l'objet d'une surveillance étroite jour et nuit. On avait fini par identifier l'équipe chargée d'aller au devant de l'hydravion. À cinq heures, Marie-Thérèse, accompagnée de Maurice Dandurand, prenait le volant d'une fourgonnette, en direction de Saint-Clément-du-Lac.

— On aurait pu laisser ce travail à d'autres, se plaignit Maurice. Pour nous, c'est fini.

Avec l'âge, il avait perdu le goût du danger. Il préférait le travail préliminaire, l'enquête, la recherche. Risquer sa peau ne le séduisait plus.

— Ça ne fait que commencer, dit Marie-Thérèse. Nous avons eu des nouvelles de la Gendarmerie. Toronto est bien dans le coup.

Elle semblait soucieuse. Maurice le voyait, malgré son air détaché.

— J'ai l'impression qu'on ne me dit pas tout.

142

— Tu as bien raison. Il ne fallait pas ébruiter l'affaire. Pour tout le monde, nous devons simplement aller jusqu'à l'hydravion prendre possession de la marchandise. Ça fera autant de cocaïne de moins sur le marché.

Ils dépassèrent le village et s'engagèrent sur le chemin de la forêt.

Maurice alluma une cigarette. Il réfléchissait.

— Récapitulons. Haddad a confié ce travail à Tremblay, qui préfère opérer tout seul. Il a souvent montré que ça lui réussissait. C'est un gars correct, dans son genre; loyal et fiable. Il ne trahirait pas Haddad pour le groupe de Toronto.

— C'est juste, approuva Marie-Thérèse.

— Alors, je ne comprends pas.

— C'est pourquoi nous y allons nous-mêmes. Montero attend quelque chose le 17. Bon. Or Tremblay travaille pour Haddad. Donc, il n'y a qu'une possibilité. Montero a prévu de piquer la drogue. J'ai toujours pensé qu'il avait des complices au village.

— Le GÉSOVNI?

— Peut-être. Ou ton copain Robert Leblanc. On ne sait rien. Alors, on va servir d'hameçon.

Pour Maurice, ce n'était pas vraiment réconfortant.

Les nerfs en éveil, Marie-Thérèse fonçait déjà sur le chemin tout en courbes qui ceinturait le lac Shannon.

Une grande branche de pin était tombée sur le bord de la piste. Marie-Thérèse tourna habilement le volant et l'évita de justesse.

— Une vraie championne! commenta Maurice.

À ce moment, le pare-brise vola en éclats.

— Vite! Baisse-toi!

Elle freina et éteignit le moteur.

Ils se regardèrent, à demi-couchés sur la banquette.

La vitre de gauche craqua de toutes parts.

— C'est parfait, dit Marie-Thérèse. On nous tire dessus.

— Et nous, qu'est-ce qu'on fait? demanda Maurice qui n'en menait pas large.

— On attend.

25

TARZAN À LA RESCOUSSE

Le soleil rouge venait de disparaître derrière l'horizon de conifères. Çà et là, des peupliers, des bouleaux faisaient des taches plus pâles, presque lumineuses dans la forêt assombrie. Des langues roses, mauves et grises dansaient dans le ciel de plus en plus obscur. Et Brigitte qui n'était pas encore arrivée! Elle finirait par manquer le spectacle!

Qu'est-ce qui pouvait la retenir? Elle avait semblé tellement heureuse en lui donnant rendez-vous! Mais Daniel ne connaissait pas grand-chose à sa vie. On avait pu lui demander de travailler quelques heures de plus à LA PATATE DORÉE. Il y avait peut-être quelques travaux à faire chez elle ou un visiteur imprévu.

Il entendit le camion et crut la voir enfin. Non, il reconnaissait le bruit du moteur, ce n'était pas une voiture.

S'il descendait au bas du rocher, il la croiserait sur le chemin, mais si elle avait pris un sentier différent? Le rendez-vous était au sommet du rocher, d'où la vue était splendide.

Et si elle avait eu un accident? Le pied glisse sur une pierre, contre une bûche, une foulure est si vite arrivée! Il imaginait la jeune fille, retenant ses larmes, incapable de se relever. Crierait-elle? Il ne voyait pas Brigitte se plaindre. Elle tenterait plutôt de se tirer d'affaire toute seule.

Inquiet, ne tenant plus en place, il marchait de long en large sur l'étroit promontoire. Il remarqua le toit de la vieille cabane parmi les branches. En avançant prudemment sur une saillie rocheuse, il verrait peut-être toute la clairière.

Il s'arrêta. Des coups de feu éclataient. Qu'est-ce que ça pouvait bien être? Daniel décida de se glisser avec précaution jusqu'à l'extrémité de la saillie.

En bas, André et Robert avaient aussi entendu la fusillade.

— Allez, viens! cria Robert.

André fit deux pas, puis retourna d'où il venait.

Brigitte, à demi étouffée, incapable de prononcer un mot, le regarda approcher, revolver au poing. On devinait dans les yeux de l'homme une cruauté aiguë, un bistouri de méchanceté.

— Je viens de te le dire, rappela-t-il. Robert est un sauvage. Il aime voir souffrir les femmes. Quand je pense à ma fille... Je ne supporterais pas qu'il te fasse du mal. Je te le jure, je vais empêcher ça.

Il pointa son arme au milieu du front de la jeune fille. Robert lui en voudrait, mais il lui expliquerait qu'il ne fallait pas s'éloigner de l'endroit en laissant un témoin derrière eux.

— Adieu, petite. C'est pour ton bien, tu sais.

C'était inattendu. Brigitte souriait. Même si elle avait eu très peur jusqu'à cet instant, elle s'était mise à sourire.

Contrarié, André s'arrêta. Il préférait tirer sur une victime effrayée, angoissée, livide, pas sur un visage heureux.

— Qu'est-ce que tu crois? Que le Prince Charmant apparaîtra tout à coup? Tu penses peut-être que Tarzan viendra à ta rescousse?

— Mais qu'est-ce que tu attends? cria Robert, déjà enfoncé dans le sentier.

— Oui, j'arrive!

André se tourna vers la jeune fille, qui souriait toujours.

— Je vais te l'arracher, ce sourire! grogna-t-il.

Il leva le bras.

Une grosse pierre s'abattit sur son poing. Le revolver tomba à terre. André se frotta les doigts meurtris et leva la tête.

Daniel avait bien visé. Surpris, André l'aperçut, debout sur la saillie.

Furieux, il ramassa le revolver. Le rocher faisait vingt mètres de haut. Le garçon prendrait bien cinq minutes à en descendre.

André avait trop mal aux doigts pour tenir son arme. Il la prit dans la main gauche.

— Tu n'as aucune chance, ma belle, ricana-t-il. Et lui non plus!

Mauvais tireur, il ne se sentait pas assez sûr de lui pour atteindre le garçon, surtout avec la main gauche. Il valait mieux liquider la fille d'abord et se débarrasser ensuite de l'intrus.

Par défi, il se tourna quand même du côté du garçon.

— Regarde bien! Ce sera ton dernier souvenir d'elle!

Il pâlit. Daniel venait de sauter. Comme un chat.

Et, comme un chat, le garçon rebondit et se précipita sur lui.

Décontenancé, ahuri, sans même chercher à se servir de son pistolet, André déguerpit.

26

LE PIÈGE

Émilie et Gilles attendirent quelques minutes. Les yeux de la jeune femme brillaient comme de l'émail. Quelle vie! Elle avait réussi! Oh, l'aventure, l'aventure!

— On les a eus!

— Je crois que oui, répondit Gilles prudemment.

Ils avancèrent vers le camion, aux aguets, prêts à riposter au moindre signe. Émilie n'avait voulu tuer personne. Ils s'étaient attaqués à un monstre de métal, c'est tout. Mais les balles avaient certainement frappé la conductrice et son compagnon.

Ils longeaient les arbres, pour ne pas servir de cible au cas où leurs adversaires seraient simplement blessés.

Tout à coup, des coups de feu, et ça ne venait pas du camion! On leur tirait dans le dos.

— Dans la forêt! Vite! murmura Gilles.

Il fallait profiter de l'obscurité. Émilie le suivit. Cachés parmi les arbres, ils pouvaient mieux se défendre.

Une voix sèche retentit dans la nuit.

— Ne bougez pas! Lâchez vos armes et levez les bras!

Émilie et Gilles s'enfoncèrent davantage dans les broussailles.

— Des gens de Haddad? demanda-t-elle, à voix basse.

— Je ne crois pas. Ça doit être ces deux types dont on nous a parlé.

Ils attendirent, le doigt sur la gâchette.

— Le camion est à nous! cria Robert, d'un ton sec.

Émilie comprit. Il s'agissait d'un autre groupe, comme eux, qui cherchait à s'emparer de la drogue.

— Négocions, chuchota-t-elle. Quand on les verra, tu tires.

Gilles hocha la tête. Il observait intensément le chemin. Aucun mouvement, aucune ombre. Les inconnus devaient faire comme eux et se dissimuler dans la forêt.

— Écoutez, les gars, lança Émilie. Au lieu de nous entre-tuer, arrangeons-nous. Nous sommes prêts à partager.

André et Robert se consultèrent à voix basse.

— On n'a pas le choix, tu sais.

— Si on avance, ils nous tireront dessus.

— Alors, acceptons. Mais dès qu'ils se montrent, on s'en débarrasse.

— Ils doivent penser la même chose. Ce ne sera pas facile.

Les phares du camion éclairaient le chemin. André et Robert avancèrent en prenant soin de rester dans l'ombre.

— C'est d'accord. Allons au camion, chacun de son côté. Mon ami me couvrira. Là, on discutera.

— Entendu! accepta Gilles.

Les uns à droite du chemin, les autres à gauche, ils se dirigèrent vers le camion.

— Voyez-vous quelque chose? demanda Marie-Thérèse Gordini, toujours couchée sur la banquette.

Un policier, qui regardait par la lucarne avant de la fourgonnette, aperçut les silhouettes.

— Ils sont quatre. Deux de chaque côté.

— Dispersez trois hommes à gauche, trois à droite, prêts à les accueillir. Essayez de les contourner pour leur couper toute retraite. Quand il le faudra, tirez à vue. Après un premier coup en l'air. Mais attendez que j'en donne l'ordre.

Lentement, prudemment, en se méfiant, Émilie et Gilles avançaient d'un côté, André et Robert de l'autre.

— Je n'aime pas ça, grogna Robert. J'entends des bruits.

— Des écureuils, des oiseaux... Surtout, ne pas s'énerver.

Ils se trouvaient à dix mètres du camion.

— Que l'un de vous aille vers le camion, lança Émilie. On discutera.

C'était raisonnable.

— J'y vais, dit André.

Pourvu que Robert, toujours impulsif, se retienne de tirer jusqu'au bon moment!

— En voici deux, murmura le policier, dans la fourgonnette.

On ne pouvait pas attendre davantage. Marie-Thérèse prit le porte-voix.

— Ici la police! Que personne ne bouge! Déposez vos armes et avancez, tous les quatre! Vous êtes coincés! Toutes les routes sont bloquées! Vous n'avez aucune chance!

Comme convenu, chacun des six policiers tira un coup en l'air, pour montrer qu'ils étaient bien là et bien nombreux.

On entendit alors le bruit d'un avion à basse altitude.

27

ET MAINTENANT?

Daniel ne prit pas la peine de courir derrière André. Le plus urgent, c'était de délivrer Brigitte et de se mettre en lieu sûr.

Il essaya de défaire le nœud coulant. Il s'aperçut vite qu'en s'y attaquant, il étranglait la jeune fille. Où trouverait-il un couteau? Il ouvrit le sac que Robert avait laissé derrière lui. Du linge de femme, rien d'autre.

Des coups de feu jaillirent. C'était André et Robert qui tiraient sur Gilles et Émilie.

Daniel l'ignorait, mais il comprenait qu'il fallait se presser.

Il s'étendit près du tronc et entreprit de grignoter la corde. Brigitte, sidérée, écoutait le bruit des dents, dures et aiguës comme celles d'un castor. Quelques secondes plus tard, le cou libéré, elle commença enfin à respirer.

Daniel se servit également de ses dents pour briser les liens autour des poignets de la jeune fille.

— Tu es magnifique! s'écria-t-elle.

Elle se jeta à son cou et l'embrassa. Daniel, le cœur bondissant, trouva instinctivement la façon de répondre à ce premier baiser.

— C'était qui, cet homme? demanda-t-il.

— Je ne sais pas. Ils sont deux. Et il y a ces soi-disant photographes, quelque part. Je crois que c'est dangereux de passer par là.

Ils hésitaient. Où aller? Il fallait éviter le chemin. Monter au sommet du rocher? Ils seraient pris au piège.

— On peut contourner le lac, dit-elle. Viens.

Ils gagnèrent la rive. Un sentier suivait le bord de l'eau pendant une centaine de mètres. Ensuite, il faudrait foncer dans la forêt.

La nuit qui tombait déjà ne leur facilitait pas les choses.

— Je ne croyais pas qu'on pouvait trancher une corde de nylon avec les dents, murmura-t-elle, encore ébahie.

— Ah, non? dit Daniel, surpris.

— Et comment as-tu fait pour sauter de si haut? Tu aurais pu te briser les jambes!

— Je n'y ai pas pensé, avoua-t-il. Je n'aurais pas dû?

Il avait l'air plus soucieux qu'étonné.

— Tu es vraiment un gars étrange! s'écria-t-elle.

Elle céda au besoin soudain de l'embrasser encore une fois.

Elle relâcha leur étreinte pour respirer amplement. C'était vraiment une soirée mouvementée!

— Et maintenant? demanda-t-il, en souriant.

Après s'être servi imprudemment de ses jambes et de ses dents, il ne voulait pas commettre un autre impair.

— On rentre au village, répondit-elle. Il faut s'éloigner d'ici au plus vite.

À ce moment, ils entendirent l'avion. L'appareil volait au-dessus des arbres, droit sur eux. Il se posa sur la surface du lac et continua à avancer dans leur direction.

28

ÇA SE GÂTE

Gilles Hamelin avait une solide expérience de chasseur. Il savait aussi que la meilleure chose à faire, face au nombre, c'est de fuir. Sans perdre une seconde, il se glissa silencieusement contre le grand rocher et se faufila parmi les arbustes en direction de la vieille cabane.

Il avait songé à abattre Émilie. Quelle meilleure façon d'empêcher les gens de parler? Mais il éprouvait beaucoup d'amitié pour elle. Et il se disait qu'elle trouverait moyen de s'en tirer sans le compromettre. Après tout, elle était avocate!

Robert fut le premier à tirer. Il n'était pas du genre à réfléchir longtemps avant d'agir.

— Espèce d'idiot! murmura André.

Robert figurait en tête d'un palmarès plutôt sinistre. Les doigts de la main ne suffisaient pas à compter le nombre de meurtres qui lui étaient attribués. Si on ne l'avait jamais arrêté, faute de preuves, il était pris en flagrant délit. Il n'allait pas se rendre facilement.

— Vous êtes pris! répéta Marie-Thérèse, en se servant du porte-voix. Inutile de résister!

On distinguait dans l'obscurité l'ombre des policiers éparpillés dans la forêt.

— Dans dix secondes, on tire à vue! Vous êtes prévenus!

— Ici! cria Émilie.

En se voyant seule, après le départ de Gilles, cernée de toutes parts, elle avait choisi de se rendre. Sa carrière en prendrait un coup, mais elle ne tenait pas à mourir inutilement.

André avança aussi, les bras en l'air. Robert déchargea son revolver dans l'obscurité.

— C'est fini, Robert, laisse tomber, dit un policier derrière lui.

Il n'avait pas le choix.

— Ça va, j'ai compris.

Il se dirigea vers le camion, où on lui passa les menottes, comme aux deux autres.

— Il nous en manque un, remarqua Maurice Dandurand.

— Il n'ira pas loin.

Gilles avait déjà rejoint la cabane. Il fallait faire vite. Atteindre l'avion, prendre possession de la marchandise. Quelques sacs lui suffiraient.

Et ensuite? Si la fusillade se prolongeait, il avait des chances de s'en sortir en piquant à travers le bois. La meilleure chose à faire cependant serait de forcer le pilote à se rendre sur un autre lac.

Il aperçut les adolescents qui reculaient dans la clairière. Silencieux comme un Indien, il avança à leur rencontre.

On ne l'avait pas remarqué. Les jeunes gens observaient toujours l'avion, qui s'était arrêté devant la rive.

Gilles se rappela les instructions. Le pilote s'attendait à rencontrer un couple. Autrement, il se méfierait. Il y avait cette fille, là devant lui.

Comment se débarrasser du garçon? Le bruit du revolver alerterait les policiers autour du camion et inquiéterait le pilote. Et le temps pressait.

Lentement, très lentement, il approcha des jeunes gens qui ne s'attendaient évidemment pas à être surpris. Il prit le pistolet par le canon et donna un violent coup de crosse sur la tempe du garçon, qui s'écroula sans un mot.

— Toi, ne bouge pas, murmura Gilles.

Brigitte le regardait, sidérée. Elle se pencha sur son compagnon inerte.

Gilles dirigea son arme sur l'adolescent, le doigt sur la gâchette.

— Non... implora la jeune fille.

— Si tu fais ce que je te dis de faire, je lui laisse la vie sauve. D'accord?

— D'accord.

— Viens.

Elle le suivit docilement vers l'hydravion.

29

TERMINUS, TOUT LE MONDE DESCEND

Steve Rogers était pilote de brousse. La plupart du temps, il se contentait de conduire des touristes dans des terrains de chasse et de pêche sauvages et éloignés. Parfois, il transportait des équipes de géologues, d'archéologues, de géographes. À l'occasion, il effectuait des livraisons de marchandise. Parfois mais rarement, il acceptait des petits contrats de contrebande intéressants et très bien payés.

Il ignorait la nature de sa cargaison, mais il se doutait bien qu'il s'agissait d'une affaire dangereuse. Douze sacs pour trente mille dollars, c'était certainement de la drogue. Mais il trouvait que des contrats du genre épiçaient agréablement sa vie, et nourrissaient bien son compte en banque.

L'essentiel, c'était la prudence. Au volant de son appareil, il se sentait le maître du monde. Raison de plus pour redoubler de vigilance. D'autant plus qu'il n'aimait pas voler de nuit. Même si la lune éclairait suffisamment la surface du lac, il fallait se méfier des roches.

De plus, le lac Shannon se trouvait beaucoup trop au sud à son goût. Il préférait les espaces déserts entre l'Abitibi, le lac Saint-Jean et l'Ungava. Mais on n'hésite pas longtemps devant trente mille dollars payés comptant.

On lui avait dit qu'il s'agirait d'un couple. Et c'était bien un homme et une fille qui venaient de paraître sur la rive, deux silhouettes qu'on arrivait tout juste à distinguer dans l'obscurité.

Il ralentit. L'hélice tournait à la vitesse minimum. Il ne voulait pas éteindre le moteur.

Steve ouvrit la porte et fit signe au couple de venir. Il se trouvait à dix mètres de la rive, mais ne tenait pas à s'approcher davantage.

— Allons-y, ordonna Gilles.

Brigitte le suivit. L'eau était froide, mais elle n'avait pas vraiment le choix.

Ils avancèrent jusqu'à l'appareil. Gilles réfléchissait encore. Prendre la marchandise et essayer de s'en tirer? Demander au pilote de les conduire ailleurs, et éveiller ses soupçons? C'était quand même la démarche la plus prudente.

— Prenez les sacs, dit Steve. Et faites vite!

Gilles avançait péniblement avec de l'eau jusqu'à la poitrine, son revolver au-dessus de la tête. Brigitte, même si elle était plutôt grande, s'accrocha soulagée, au flotteur de l'hydravion.

Steve sortit un premier sac. Il allait le passer à Gilles, lorsqu'il remarqua quelque chose qui ne lui plut pas.

Daniel s'était réveillé. Sa tête lui faisait mal. Il se frotta le crâne endolori. Que s'était-il passé? Où était Brigitte?

En titubant, il se releva et regarda autour de lui. Ces voix, là-bas... venant du lac. Il partit rapidement dans leur direction.

En l'apercevant, Steve changea de visage. On lui avait parlé d'un couple seulement. Que faisait ce troisième personnage ici?

— C'est qui?

Gilles tourna la tête, ébahi. Il avait pourtant frappé de toutes ses forces! Comment le garçon avait-il réussi à se relever?

— Je n'aime pas ça, dit Steve, sans attendre de réponse.

Ne pas perdre une seconde. Il jeta un sac vers Gilles. Puis un deuxième. Puis un troisième.

— Non, attends! cria Gilles. Les plans ont changé.

Steve fit une grimace. Les plans qui changent, c'est mauvais signe. Mais comment discuter, face à un revolver?

— Il faut aller ailleurs, dit Gilles.

Avec un effort, il se hissa sur le flotteur. Il donna la main à Brigitte qui le rejoignit.

— Vous êtes trop lourds, dit Steve. Je ne peux prendre qu'un passager. Mais... Où est-il passé?...

Gilles regarda, lui aussi. Le garçon avait disparu.

Mais Daniel n'était pas si loin. Il avait nagé jusqu'à l'hydravion et se trouvait déjà sur l'autre flotteur.

Steve jura. Vraiment, l'affaire tournait mal!

Et il y avait pire; là-bas, sur la rive, trois silhouettes venaient de surgir. Puis quatre, et cinq!

Aussitôt, un camion apparut. Les grands phares éclairèrent brièvement les silhouettes. Des policiers!

— On décampe, décida Steve. Sautez à l'eau! Moi, je m'en vais!

Gilles ne perdit pas de temps. Il pointa son pistolet sous le nez du pilote.

— On part ensemble! Laisse-moi monter.

Steve comprit qu'il ne fallait pas discuter.

— Un seul passager. Sans ça, je ne décolle plus.

Gilles saisit Brigitte par le bras.

— À l'eau, la petite!

Brigitte ne demandait pas mieux, mais elle ne voulait pas partir sans Daniel. Était-il vraiment de l'autre côté? Elle se pencha. Le fuselage lui bloquait la vue.

Tout à coup, l'appareil pencha sur la droite, puis sur le nez. Désorienté, Steve regarda à gauche. Personne. Mais où diable était passé le garçon?

Il l'aperçut devant lui. Daniel avait glissé les mains sur la poulie de l'hélice.

— L'idiot! grogna le pilote. Il va se faire déchiqueter. Eh bien tant pis!

Il appuya sur le moteur.

166

L'appareil broncha, rugit, tout en restant sur place.

Steve pâlit. C'était invraisemblable! Le garçon tenait dans ses mains les pales de l'hélice.

Et il était en train de les tordre!

— Terminus, tout le monde descend! cria Daniel.

Il avait lu cette phrase dans un livre.

30

OTAGES!

D'abord, Steve Rogers n'en avait pas cru ses yeux. Ce garçon avait immobilisé l'hélice sans se blesser. Comme si ce n'était pas assez, il l'avait tordue aussi facilement qu'un morceau de tôle.

Et pourtant, c'était vrai. Il avait beau pousser le moteur à fond en lui arrachant un rugissement, l'appareil sursautait et hoquetait en vain.

C'était doublement catastrophique.

— Ça me coûtera quelques milliers de dollars, pour réparer ça! Et la police, là! Ce n'était pas dans le contrat!

Le pilote n'en menait pas large. Vraiment, il aurait bien dû se contenter de promener des touristes pour gagner sa vie!

— Et regarde où on est! ajouta-t-il.

Porté par le léger courant, l'appareil s'était éloigné de la rive.

— C'est trop creux, ici! se plaignit le pilote. Je ne sais pas nager!

Gilles n'avait pas lâché le bras de la jeune fille. Il brandit son revolver en s'efforçant de conserver son équilibre.

— Toi, viens ici! cria-t-il à Daniel. Et n'essaie pas de jouer au plus fin!

Daniel se cramponna au fuselage et se rendit jusqu'au flotteur. L'essentiel était de mettre Brigitte à l'abri.

Une autre chose également essentielle était de fuir. Il s'était beaucoup trop compromis. Si on le forçait à témoigner, si on s'intéressait à lui de trop près, on finirait par le soupçonner.

Mais comment faire pour échapper à la fois à un bandit armé et à une dizaine de policiers?

Marie-Thérèse Gordini avait réussi à conduire le camion malgré le pare-brise en morceaux. Elle braqua les grands phares sur l'hydravion. Plusieurs policiers portaient des fusils et tenaient l'appareil en joue. D'autres attendaient. Elle prit le porte-voix.

— Tous vos complices ont été arrêtés! Vous avez dix secondes pour descendre! Pas de fausse manœuvre! Glissez-vous dans l'eau et avancez jusqu'ici, les mains en l'air!

— Nous avons deux otages! cria Gilles.

— Des otages? Quels otages?

Gilles poussa Brigitte devant lui.

— Vous les voyez bien, non? Voici mes conditions: vous nous apportez un bateau, vous mettez une voiture à notre disposition et vous évitez de nous suivre. Quand nous serons hors de portée, nous libérerons les otages!

Marie-Thérèse aperçut les adolescents. D'où sortaient-ils? Elle ne distinguait pas leurs visages.

Elle avait peu de temps. Il ferait bientôt tout à fait nuit. Elle pouvait au moins accepter la première condition. Mais pas aussi facilement.

— Vous pouvez revenir ici en nageant.

— Tu me prends pour un idiot? cria Gilles. Si je n'ai pas un bateau d'ici cinq minutes, j'abats un des otages!

— Moi, à ta place, je n'insisterais pas, dit le pilote, découragé. Tu n'as aucune chance!

— Parle pour toi! grogna Gilles. Toi, tu peux plaider l'ignorance. Moi, ils m'ont à l'œil depuis longtemps.

— Ça, je n'en sais rien. Mais si tu abats les jeunes, ce sera pire.

— Et si tu continues à me fatiguer les oreilles, j'ai une balle pour toi aussi!

Il se tourna vers les adolescents.

— N'essayez pas de faire les malins, vous deux, c'est compris? Si vous tentez de vous échapper, je vous tire dessus. C'est clair?

Brigitte hocha la tête. Quelle aventure, quand même! Gilles semblait désespéré, et quand ils sont énervés, les gens peuvent faire bien des sottises.

Daniel réfléchissait. Le plan de Gilles ne lui déplaisait pas. On approcherait une barque, ou un canot. Gilles les tiendrait en joue durant le trajet. Ensuite, il les forcerait à l'accompagner en voiture. Il n'aurait aucune raison de les tuer. Il les libérerait quand il se croirait en lieu sûr.

Il y avait un risque. Non, deux. D'un côté, la police pouvait tenter d'intervenir. Dans son état, Gilles se défendrait, il y aurait des coups de feu, Brigitte ou lui-même en serait peut-être victime. De l'autre côté, les policiers les auraient vus de près et sauraient les reconnaître et les retrouver. Car on se poserait des questions. Des questions très embarrassantes. Brigitte ne parlerait pas mais les bandits ne se gêneraient pas. Quelqu'un qui fait un saut de vingt mètres, qui reprend connaissance une minute après avoir reçu un solide coup de crosse sur le crâne, qui tord comme du fil de fer l'hélice d'un avion, tout cela n'est pas normal.

— Peux-tu retenir ton souffle pendant une minute? demanda-t-il à voix basse.

— Oui, sans doute, répondit Brigitte.

— Tu t'accrocheras à ma taille.

— Vous deux, silence! cria Gilles.

Sans trop savoir ce que Daniel avait en tête, Brigitte comprit qu'il mijotait quelque chose et se mit à faire des exercices de respiration pendant une minute qu'elle trouva bien longue.

— Je reste ici? demanda le pilote, timidement.

On l'identifierait rapidement à cause de l'avion. Il ne tenait pas à ajouter un délit de fuite à son dossier.

— Tu viendras avec nous, décida Gilles. Tu porteras les sacs. Vous aussi, les jeunes! Aucune raison de les laisser là!

Il trouvait quand même que Steve, dont le visage révélait une peur bleue, serait un compagnon de fuite fort encombrant. Eh bien, il le repousserait une fois arrivé la voiture et il déguerpirait avec ses otages. Et la drogue.

Que le temps était long! Et si la police lui tendait un piège? Non, ils avaient de la peine à trouver un bateau et une voiture, voilà tout.

— Je le vois, dit Daniel.

— Quoi?

— Le canot.

On y voyait de moins en moins, mais, grâce aux phares du camion, Gilles distinguait la silhouette du canot et le policier qui le glissait dans l'eau.

— C'est parfait! Vous autres, préparez les sacs!

Il regardait intensément la rive, et le canot qui avançait. Il devait redoubler de prudence, s'assurer qu'on ne lui tendait pas un traquenard.

Une voix le secoua.

— Au revoir et merci!

Il se tourna, le doigt sur la gâchette. Daniel, prenant Brigitte par le bras, venait de sauter dans le lac.

— Les ordures! Mais ils n'iront pas loin!

Il chercha à déceler le moindre mouvement dans l'eau.

Rien.

Pourtant, il leur faudrait bien remonter pour reprendre leur souffle! Où diable étaient-ils passés?

Daniel fonçait devant lui, à cinq mètres de profondeur. Brigitte, accrochée à sa taille, faisait un effort gigantesque pour ne pas ouvrir la bouche. Elle étouffait. Elle comptait les secondes.

Une minute. Il avait dit une minute.

Elle continuait à compter. Trente-sept, trente-huit.

Les bras crispés autour du garçon, elle essayait de garder son calme. Ne pas paniquer. Quarante-neuf, cinquante, cinquante et un.

Il lui semblait qu'ils remontaient.

Daniel refit surface à l'autre extrémité du lac. Brigitte ouvrit grand la bouche, les poumons ouverts. C'est si bon, l'air!

Elle haleta pendant deux minutes. Quelle merveille quand même de se retrouver sur la terre ferme!

Enfin, elle respira normalement.

— Comment... comment as-tu fait?

— J'ai nagé sous l'eau.

— Tout le lac?

— Bien sûr. Pourquoi?

— Mais c'est extraordinaire, Daniel! Personne ne peut faire ça!

Il ouvrit les yeux, ébahi.

— Vraiment? Je ne savais pas... Mais les castors...

— Justement, tu n'es pas un castor!

174

Il se passa la main sur le visage. Ne pas sauter, ne pas se servir de ses dents... Quoi encore?

— Oh, zut alors! s'écria-t-il, frustré. On m'avait pourtant bien dit de ne pas me faire remarquer!

32

N'EN CROYEZ PAS
VOS YEUX

Nicolas Ergoutchov se leva péniblement. Son corps ne lui obéissait pas facilement, mais le vieil homme avait un caractère de fer.

— Il faut sortir, insista-t-il. Je me méfie de ces maisons. Nous devons être à l'air libre pour nous imprégner.

La veille, il avait envoyé le signal. L'appareil arriverait à six heures du matin.

Une seule mission: un faisceau de radiations stabilisatrices, il en était encore temps. Les rayons ne produiraient leur effet qu'à la lumière solaire, qui déclenchait le processus vital.

Daniel, en pleine forme, aida Keiko et Helga à descendre l'escalier.

Il avait disposé quatre chaises dans le jardin. Les quelques curieux qui pouvaient passer à cette heure matinale supposeraient que le groupe prenait le petit déjeuner en admirant l'aube.

Brigitte arriva et il sortit une cinquième chaise. Il avait tenu à l'inviter. Manquer l'événement lui aurait fait de la peine. C'était un gros risque, bien sûr, mais il avait confiance en elle.

La nuit précédente, il s'était encore fait remarquer. Après leur baignade forcée, ils avaient changé de vêtements pour éviter un rhume. Et ils ne devaient pas laisser de traces derrière eux. Les jeunes gens s'étaient faufilés dans la forêt jusqu'à la voiture de Brigitte. Pendant que les policiers étaient encore occupés à vider l'hydravion, Brigitte avait pris place au volant et Daniel avait poussé silencieusement la voiture jusqu'à la route. La jeune fille n'avait pas fait la moindre remarque devant cette nouvelle démonstration de force. Ils s'étaient rendus au GÉSOVNI pour faire sécher leurs vête-ments. Là, Nicolas leur avait appris la nou-velle et n'avait pas fait d'objection quand Daniel avait proposé à son amie de venir partager un petit déjeuner très matinal.

— J'ai écouté les nouvelles, hier soir, annonça-t-elle. On ne parlait pas de nous.

Elle accepta un jus d'orange.

— Ils ont attrapé un groupe de trafiquants de drogues. C'est la saisie la plus importante de l'année! Il paraît qu'il y avait là trente millions de dollars de cocaïne! Sur le marché noir, il y en aurait pour quelques centaines de millions! Ils ont donné le nom des cinq per-sonnes arrêtées. Il ne manque que Galipeau!

— Pourquoi lui? s'étonna Daniel.

— Pour complicité. Il a bien autorisé les autres à se servir du lac, non? Mais je blague, ajouta-t-elle. Le pauvre Edmond n'a aucune idée de ce qui est arrivé.

Peut-être cherchait-on aussi les deux adolescents, sans les mentionner? Ça n'irait pas loin. André Gauvin et Robert Leblanc se garderaient d'en parler après la façon dont ils s'étaient comportés avec Brigitte. Émilie Desroseaux ne les avait pas vus. Steve Rogers, le pilote, les avait aper-çus dans l'obscurité, rien de plus. Quant à Gilles Hamelin, il n'avait aucune raison de les incriminer. La police penserait plutôt qu'il s'agissait d'un couple de jeunes qui se trouvaient sur les lieux par hasard et qui avaient pris la fuite; il n'était vraiment pas nécessaire de chercher à identifier ces otages. Les coupables avaient tous été arrêtés et les preuves étaient accablantes. Des témoignages additionnels n'étaient pas nécessaires.

S'il y avait quelque chose à approfondir, pour Brigitte, c'était la véritable nature de Daniel. Mais elle n'y pensait pas vraiment. Elle en était amoureuse, et ses exploits athlétiques passaient au second plan.

Enfin, pas tout à fait. Brigitte se disait qu'il faisait peut-être usage de stéroïdes dans le cadre d'une expérience médicale dont elle connaîtrait les détails avec le temps. Mais peut-être s'agissait-il d'un être vraiment différent, d'une nature tellement extraordinaire qu'elle osait à peine y croire. Cela aussi, le temps le lui dirait.

Elle fut la première à apercevoir l'engin. Il planait au-dessus du village, à deux cents mètres d'altitude.

— Une soucoupe volante! s'écria-t-elle. Enfin!

Daniel leva les yeux.

— Crois-tu? dit-il, simplement.

— Mais tu ne la vois pas? Là! C'est magnifique!

Le garçon ne dit pas un mot. Pensif, il regardait le ciel et la jeune fille, tour à tour.

— Qu'elle est belle! s'exclama Brigitte. Penses-tu qu'il y a des gens là-dedans? Ce serait merveilleux s'ils descendaient!

Elle regarda Daniel et ajouta:

— Peut-être sont-ils déjà descendus.

Il se contenta de sourire.

Peu à peu, Helga, Nicolas et Keiko étiraient leurs membres fatigués. La jeune Japonaise, si elle était Japonaise, souriait doucement. Les joues d'Helga retrouvaient leur teinte rouge. Nicolas respirait profondément, comme s'il ressuscitait.

L'engin devait survoler le centre du village pendant dix minutes. C'était très long et dangereux mais indispensable. Les radiations n'affecteraient en rien les habitants, le bétail, les plantes. Elles n'agiraient que sur eux trois, et de façon définitive.

Peu à peu, en dépit de l'heure matinale, la nouvelle fit le tour de Saint-Clément-du-Lac, accaparant davantage le réseau téléphonique que durant les fêtes de Noël et du Nouvel An.

On sortait dans les jardins, sur les perrons, dans les rues. Beaucoup se dirigeaient vers le parc, devant le GÉSOVNI, et vers le stationnement du centre commercial d'où l'on observait encore mieux le phénomène.

Peu à peu, des gens s'attroupèrent autour de la maison blanche, le maire Galipeau en tête.

— Eh bien, monsieur...

— Ergoutchov.

— Eh bien, monsieur Ergoutchov, c'est fantastique, n'est-ce pas?

— Quoi donc? demanda le vieil homme.

Galipeau crut avoir affaire à un fou ou à un vieillard débile qui a perdu contact avec la réalité.

— La soucoupe, voyons! Là-haut!

Nicolas haussa les épaules.

— Ce n'est pas la première fois, commenta-t-il.

On ne lisait aucune émotion sur son visage calme et serein.

Il y avait au moins soixante personnes autour d'eux, crédules et incrédules, qui échangeaient des commentaires animés.

— C'est extraordinaire!

— Je n'en crois pas mes yeux!

— C'est impossible! Tout à fait impossible!

— Pourvu qu'ils soient pacifiques!

— À mon avis, c'est un film qu'on est en train de tourner!

— Attends qu'ils descendent, et tu verras bien!

Edmond Galipeau pris Nicolas par le bras.

— Mais enfin, expliquez-vous! C'est une vraie soucoupe volante, non? Je n'ai pas besoin de recueillir cinq cents signatures? Vous la voyez bien, vous aussi?

Nicolas Ergoutchov secoua la tête.

— C'est un cas plutôt rare, mais amplement documenté. Rien d'original...

Il allait s'éloigner. Galipeau le retint.

— Mais vous ne comprenez pas? Ça veut dire que vous avez raison! C'est un grand jour pour votre Centre! Vous ne vous en rendez pas compte? Pour la première fois! Une vraie soucoupe!

— Mais pas du tout! protesta Nicolas, en se dégageant. C'est un simple cas d'hallucination collective.

Galipeau sentit ses mâchoires lui tomber sur les orteils.

— Une hallucination...

— Collective, compléta Nicolas. Vous croyez voir une soucoupe volante. Tout le monde ici croit voir une soucoupe volante. Sans la moindre preuve! Moi aussi, je crois la voir! Parce que c'est contagieux, les phénomènes de masse! Mais je suis un scientifique! Il me faut des signes tangibles! Je vous le répète, c'est une illusion. Et ça s'appelle une hallucination collective!

Ébahi, Galipeau lâcha prise. Il se tourna vers Daniel, vers tous ceux qui l'entouraient.

— C'est en effet une hallucination collective, dit le garçon, posément. La preuve en est que tout le monde a cru voir la même chose.

Il parlait au passé. Galipeau leva les yeux. En effet, l'engin avait disparu.

— Mais... Vous l'avez bien vue, vous autres, cette soucoupe?

— Oui! lança quelqu'un.

— Oui, mais... dit un autre.

— Moi, je n'en suis pas vraiment sûre, affirma une femme.

— Évidemment, ça y ressemblait.

— Mais peut-être que c'était autre chose...

33

LA GRANDE
AVENTURE

Après le départ de la foule, on rentra dans la maison. Daniel tenait Brigitte par l'épaule. Elle faisait maintenant partie du groupe.

— Oublions cet incident, décréta Nicolas. Je crois que nous nous sentons tous bien, n'est-ce pas?

— Oui, répondirent Keiko et Helga à l'unisson.

— Et toi?

— Aucun changement, dit Daniel. Moi, les hallucinations collectives ne m'affectent pas.

Le vieil homme regarda Brigitte.

— Je suis ici pour apprendre, déclara-t-elle.

Ce n'était pas une réponse, mais c'était tout comme. Nicolas s'arrêta un instant, songeur. Tôt ou tard, il faudrait bien passer par là. Et Daniel était en mesure d'assumer cette responsabilité.

— Nous fermons le centre, annonça-t-il. Malgré tous nos efforts, nous n'avons rien trouvé ici. Des racontars, des exagérations, des illusions, pour finir dans une grande hallucination collective qui crèvera comme un ballon.

Il s'adressait à Brigitte comme aux autres. Si la jeune fille n'avait pas été là, il se serait montré plus franc. Mais ce n'était qu'une question de vocabulaire. On le comprenait très bien.

— Des gens avaient des caméras, remarqua Brigitte, tout à coup.

— S'il y a des photos, dit Daniel, on montrera facilement que c'est des truquages.

— C'est vrai, dit la jeune fille. Après tout, les GÉSOVNI sont là pour ça.

Nicolas la dévisagea affectueusement. Elle avait donc tout compris, mais elle ne les trahirait pas.

— Maintenant, il faut songer à l'avenir, dit Helga. Que penses-tu faire, Keiko?

— Je m'en vais vivre à Montréal. Là, je rencontrerai des gens. Ce sera intéressant. Et on verra ce qu'on verra.

Helga l'approuva. Pour sa part, les autres savaient bien qu'elle poursuivrait sa mission avec Nicolas. Ils ouvriraient sans doute un autre centre ailleurs, au Québec, au Japon, en Ukraine, en Argentine, peu importe. Pour ses compétences et sa rigueur scientifique, le réseau mondial des GÉSOVNI serait vite reconnu comme le seul organisme crédible; capable d'examiner objectivement les phénomènes paranormaux et d'étouffer à leur source tous les témoignages relatifs à la présence d'extraterrestres.

— Et toi, Daniel?

— Nous restons ici, dit Daniel. Si Brigitte le veut bien.

Brigitte hocha la tête, radieuse.

— C'est bien, dit Nicolas. Je ferai préparer les papiers selon les coutumes locales. Vous deviendrez propriétaires de cette maison. Nous, nous emporterons tout ce qui ne doit pas rester ici. Et nous prendrons contact de temps en temps, selon les circonstances.

Je vous souhaite beaucoup de bonheur, vous savez!

La réunion avait pris fin. Daniel entraîna Brigitte dehors.

— Évidemment, dit-il, ce ne sera pas aussi simple. J'ai beau venir de Sept-Iles...

— Ou d'ailleurs... suggéra-t-elle, en souriant.

— Ou d'ailleurs, admit-il. Toujours est-il que je connais les habitudes; je devrai rencontrer ta famille, poursuivre des études, sans doute, me trouver un métier, plus tard.

— Je t'aime, s'exclama-t-elle. Et j'ai encore une chose à faire. Tu m'accompagnes?

À la quincaillerie Galipeau, le maire se trouvait déjà au comptoir, l'air bourru, mécontent.

— Je l'ai vue! affirma-t-il. Je l'ai vue!

— Tout le monde a cru la voir, répondit Brigitte, amusée. C'est justement ce qu'on appelle une hallucination collective.

— Toi aussi, tu es contre moi!

— Pas du tout! Je viens te proposer une bonne affaire.

Il n'était pas nécessaire de passer au bureau. À cette heure, il n'y avait personne dans le magasin. Les employés eux-mêmes n'étaient pas encore arrivés.

Brigitte sortit un chèque de son sac à main. Galipeau y jeta un coup d'œil. Et il pâlit.

— Mon grand-père t'a remboursé tes trente mille dollars. Et tu as encaissé le chèque.

— C'est... c'est un faux!

— L'argent a été déposé dans ton compte. C'est facile à vérifier. J'ai trouvé le testament de mon grand-père. Il l'a rédigé après avoir reçu le chèque certifié par la banque. Il me laisse tout le lac comme il l'avait promis.

Edmond Galipeau n'en menait pas large. Comment avait-elle pu tomber sur ces documents? Il avait pourtant fouillé la vieille cabane de fond en comble!

— Mais je t'aime bien, Edmond. Alors, je ne dirai rien à propos du chèque. Tu reconnaîtras la validité du testament, puisque tu n'as pas le choix, et je voterai pour toi aux prochaines élections!

Après cette petite visite, Brigitte emmena Daniel au lac Shannon.

— C'est à nous, tout ça!

Elle se sentait heureuse doublement, triplement. Le lac et la maison, ce n'était que le dessert pourtant. L'essentiel se trouvait à côté d'elle. Un bel amour à dix-huit ans!

Elle avait beau se dire que les amoureux ne doivent pas tout se raconter, qu'elle tenait à son jardin privé, qu'il ne fallait pas forcer la main des gens, elle ne pouvait pourtant pas avancer à l'aveuglette. Surtout quand il s'agissait d'un mystère profond, aux conséquences inimaginables. Elle finit par se décider.

— Si ça avait été une vraie soucoupe volante, crois-tu qu'ils m'auraient trouvée intéressante, moi la Terrienne?

— La plus belle de toutes! dit Daniel.

Ils s'étaient assis sur un tronc, face au lac. Daniel la serra contre lui et l'embrassa.

— Une hallucination collective, c'est passionnant, quand on la voit ensemble! poursuivit-elle. Toi qui t'y connais, crois-tu que des extraterrestres pourraient vivre sur notre planète?

— Ce n'est pas impossible.

Il souriait doucement.

— Mais alors... Je ne sais pas... Est-ce qu'ils pourraient, par exemple, avoir des enfants avec les filles et les gars de la Terre?

— Sait-on jamais? C'est très possible, s'ils partagent des gènes compatibles. Ce serait une aventure intéressante, en tout cas.

Ses yeux brillaient comme du diamant. Brigitte frissonna de joie.

Sans en être trop sûre, elle avait quand même la conviction d'avoir percé le secret le mieux gardé du monde.

C'était aussi une conversation d'amoureux où on se comprend parfaitement à demi-mot.

— Eh bien, dit-elle, je suis prête pour la grande aventure!

Daniel avait appris bien des choses dans les livres et dans les films. Ses doigts se glissèrent dans les cheveux de la jeune fille.

— Nous devrons quand même attendre d'avoir fini nos études, tu ne crois pas?

Elle éclata de rire.

— Tu as tout à fait raison, mon amour! Mais s'il faut attendre, autant le faire d'une façon agréable!

Les oiseaux autour de la vieille cabane partirent se cacher dans les feuilles. Un petit suisse qui courait le long d'une branche poussa quelques cris stridents et se tut en voyant les intrus disparaître dans la maison. Un raton laveur, perché sur un sapin, ouvrit l'œil, puis le referma. Ces choses ne le regardaient pas. Comme le grand-père Shannon aurait été heureux de savoir sa vieille cabane encore utile. Et un extraterrestre curieux aurait sans doute convenu qu'il s'agissait là d'une planète bien accueillante.

Collection Conquêtes
dirigée par Robert Soulières

1. Aller ~~retour~~
de Yves Beauchesne et David Schinkel
Prix Cécile-Rouleau de l'ACELF 1986
Prix Alvine-Bélisle 1987

2. La vie est une bande dessinée
nouvelles de Denis Côté

3. La cavernale
de Marie-Andrée Warnant-Côté

4. Un été sur le Richelieu
de Robert Soulières

5. L'anneau du Guépard
nouvelles de Yves Beauchesne et David Schinkel

6. Ciel d'Afrique et pattes de gazelle
de Robert Soulières

7. L'affaire Léandre et autres nouvelles policières
de Denis Côté, Paul de Grosbois, Réjean Plamondon
Daniel Sernine et Robert Soulières

8. Flash sur un destin
de Marie-Andrée Clermont
en collaboration avec un groupe d'élèves

9. Casse-tête chinois
de Robert Soulières
Prix du Conseil des Arts du Canada, 1985

191

193